O CLUBE DA MEIA-NOITE

CHRISTOPHER PIKE

O CLUBE DA MEIA-NOITE

Tradução
Tully B. Ehlers de Oliveira

Principis

Published by arrangement with Simon Pulse,
An imprint of Simon & Schuster Children's Publishing Division
Text copyrigth © 1994 by Chistopher Pike
Originally published in 1994 by Archway Paperbacks

© 2022 desta edição:
Ciranda Cultural Editora e Distribuidora Ltda.
Esta é uma publicação Principis, selo exclusivo da Ciranda Cultural

Título original
The Midnight Club

Produção editorial
Ciranda Cultural

Texto
Christopher Pike

Diagramação
Linea Editora

Editora
Michele de Souza Barbosa

Revisão
Fernanda R. Braga Simon

Tradução
Tully B. Ehlers de Oliveira

Design de capa
Ana Dobón

Preparação
Flávia Maíra de Araújo Gonçalves

Ilustração de capa
Vicente Mendonça

Dados Internacionais de Catalogação na Publicação (CIP) de acordo com ISBD

P635c	Pike, Christopher
	O Clube da Meia-noite / Christopher Pike; traduzido por Tully B. Ehlers de Oliveira. - Jandira, SP: Principis, 2022.
	192 p. ; 15,50cm x 22,60cm.
	Título original: The Midnight Club
	ISBN: 978-65-5552-690-5
	1. Literatura estrangeira 2. Jovens. 3. Ação. 4. Aventura. 5. Suspense. 6. Sobrenatural. 7. Terror. I. Oliveira, Tully B. Ehlers de. II. Título.
2022-0694	CDD 810 CDU 821.111

Elaborado por Lucio Feitosa - CRB-8/8803

Índice para catálogo sistemático:
1. Literatura estrangeira - Americana : 810
2. Literatura estrangeira - Americana : 821.111

1ª edição em 2022
www.cirandacultural.com.br
Todos os direitos reservados.
Nenhuma parte desta publicação pode ser reproduzida, arquivada em sistema de busca ou transmitida por qualquer meio, seja ele eletrônico, fotocópia, gravação ou outros, sem prévia autorização do detentor dos direitos, e não pode circular encadernada ou encapada de maneira distinta daquela em que foi publicada, ou sem que as mesmas condições sejam impostas aos compradores subsequentes.

Para Ilonka

CAPÍTULO 1

Ilonka Pawluk se olhou no espelho e decidiu que não parecia alguém que iria morrer. Seu rosto estava delgado, é verdade, assim como o resto de seu corpo, mas seus olhos azuis estavam brilhantes, o longo cabelo castanho estava vistoso, e o sorriso era branco e jovial. Isso era algo que sempre fazia quando se olhava no espelho: abria um sorriso, não importava o quanto se sentia mal. Um sorriso era fácil. De fato, era apenas um reflexo, especialmente quando estava sozinha e sentindo-se deprimida. Mas até mesmo seus sentimentos podiam mudar, Ilonka concluiu, e hoje ela estava determinada a ser feliz. Em sua mente surgiu o antigo clichê: "Hoje é o primeiro dia do resto da minha vida".

Mesmo assim, havia alguns fatos que Ilonka não podia ignorar.

As longas e vistosas madeixas castanhas eram na verdade uma peruca. Meses de quimioterapia acabaram com os últimos fios de seu próprio cabelo. Ela ainda estava muito doente, isso era verdade, e era possível que *hoje* fosse uma *grande* parte do resto de sua vida. Mas Ilonka não se demoraria nesse pensamento, pois isso não ajudaria em nada. Tinha que se concentrar apenas no que ajudaria. Esse era o adágio pelo qual pautava sua vida agora. Ilonka pegou um copo de água e um punhado de comprimidos de ervas e os colocou todos na boca. Atrás dela, Anya Zimmerman suspirou. Ela era colega de quarto de Ilonka, e era uma moça doente, se é que já houve uma algum dia. Anya falou enquanto Ilonka engolia a meia dúzia de comprimidos.

– Não sei como você consegue engolir todos ao mesmo tempo – comentou. – Eu vomitaria tudo em um minuto.

Ilonka terminou de engolir os comprimidos e arrotou silenciosamente.

– Eles descem mais facilmente do que uma agulha no braço.

– Mas uma agulha traz resultados imediatos.

Anya gostava de medicamentos, de narcóticos fortes. Ela tinha direito a usá-los, pois sofria constantemente com dores insuportáveis. Anya Zimmerman tinha câncer nos ossos. Seis meses antes, teve a perna direita amputada na altura do joelho, para impedir a propagação do câncer. Mas foi em vão.

Ilonka se olhou no espelho enquanto Anya se ajeitava na cama, tentando ficar mais confortável. Anya fazia isso com frequência, mexendo-se para cá e para lá, mas nada do que fazia poderia tirá-la de seu corpo, e esse era o problema. Ilonka largou o copo e se virou. Ela já podia sentir as ervas queimar no fundo da garganta.

– Acho que as ervas estão funcionando. Me sinto melhor hoje do que tenho me sentido em semanas.

Anya fungou. Ela tinha um constante resfriado. Seu sistema imunológico estava abalado, um efeito colateral comum da quimioterapia e um problema frequente para os "hóspedes" da Clínica Rotterham.

– Você está horrível! – disse Anya.

Ilonka se sentiu ofendida; isso não era novidade, mas ela sabia que não podia levar o comentário de Anya para o lado pessoal. Ela tinha uma personalidade rude. Ilonka com frequência se perguntava se era a dor que falava, e pensava como gostaria de ter conhecido Anya antes da doença.

– Muitíssimo obrigada – respondeu Ilonka.

– Quero dizer, se comparada com a Miss Barbie Bronzeada, lá do mundo real – Anya acrescentou rapidamente. – Mas, se comparada a mim, obviamente você está ótima... de verdade – Anya bufou. – Quem sou eu para dizer qualquer coisa, hein? Me desculpe.

Ilonka fez que sim com a cabeça.

– Eu realmente me sinto melhor.

Anya deu de ombros, como se sentir-se melhor não fosse algo tão bom. Como se sentir qualquer coisa que não fosse estar próximo da morte fosse apenas adiar o inevitável. Mas resolveu deixar para lá, abrindo uma gaveta de sua mesinha para pegar um livro. Não, não apenas um livro: era uma Bíblia. Anya, a malvadona, estava lendo a Bíblia.

No dia anterior, Ilonka tinha perguntado para a amiga o que a fazia ler a Bíblia, e Anya riu, dizendo que precisava de leituras leves. Quem sabia o que Anya realmente pensava? As histórias que ela contava quando se encontravam à meia-noite geralmente eram sombrias e macabras. De fato, tais histórias causaram muitos pesadelos a Ilonka, e era difícil dormir ao lado da pessoa que acabara de explicar como Suzy Q estripou Robbie Right. Anya sempre usava nomes como esses em suas histórias.

– Eu me sinto dormente – Anya disse.

Obviamente era uma mentira, pois ela devia estar sentindo dor, apesar dos dez gramas diários de morfina. Anya abriu sua Bíblia de forma aleatória e começou a ler. Ilonka se levantou silenciosamente e a observou durante um minuto.

– Você é cristã? – Ilonka indagou finalmente.

– Não, eu estou morrendo – Anya afirmou, virando a página. – Pessoas mortas não têm religião.

– Gostaria que você conversasse comigo.

– Eu estou conversando com você. Consigo falar e ler ao mesmo tempo. – Anya parou e olhou para cima. – Sobre o que quer conversar? Sobre o Kevin?

Ilonka sentiu algo preso em sua garganta.

– O que tem o Kevin?

Anya sorriu, algo sinistro em seu rosto cadavérico. Anya era bonita: cabelos loiros, olhos azuis, uma estrutura óssea delicada, mas muito magra. Na verdade, exceto pelo cabelo escuro de Ilonka (seu cabelo fora escuro), elas até que se pareciam. Mesmo assim, o azul dos olhos das duas jovens brilhava com luzes opostas, ou talvez o olhar de Anya não exibia brilho algum. Havia uma frieza em Anya que ia além de suas feições. Havia a dor, as pequenas linhas ao redor dos olhos, a tensão em sua boca, mas também havia algo profundo, algo quase enterrado, que queimava sem calor dentro dela. Ainda assim, Ilonka gostava de Anya, importava-se com ela. Mas não conseguia confiar nela.

– Você está apaixonada por ele – afirmou Anya.

– O que levou você a dizer algo tão estúpido?

– O jeito que você olha para ele. Como se fosse abaixar as calças dele e levá-lo ao céu, se isso não matasse vocês dois.

Ilonka deu de ombros.

– Existem piores maneiras de se morrer.

Isso foi algo errado a se dizer para Anya. Ela voltou para sua Bíblia.

– É.

Ilonka chegou perto de Anya e inclinou-se na cama.

– Eu não estou apaixonada por ele. Não estou em condições de me apaixonar por ninguém.

Anya concordou e grunhiu.

– Eu não quero vê-la repetir uma coisa dessas. Especialmente para ele.

Anya virou uma página.

– O que quer que eu diga para ele?

– Nada.

– O que você vai dizer para ele?

– Nada.

Anya fechou o livro de repente. Seus olhos gélidos se inflamaram ao olhar para Ilonka. Ou talvez, subitamente, eles não pareciam estar tão frios.

– Você me disse que queria conversar, Ilonka. Eu entendi que queria discutir algo mais importante do que agulhas e ervas. Você *vive* em um estado de negação, o que é ruim, mas é muito pior morrer desse jeito. Você ama o Kevin, qualquer idiota consegue ver isso. O grupo inteiro sabe. Por que você não conta para ele?

Ilonka ficou perplexa, mas tentou agir com frieza.

– Ele é parte do grupo. Deve saber.

– Ele é tão estúpido quanto você. Não sabe de nada. Você deve contar a ele.

– Contar o quê? Ele tem namorada.

– A namorada dele é uma idiota.

– Você atribui esse insulto a muitas pessoas, Anya.

– Essa é a verdade sobre muitas pessoas – Anya deu de ombros e se virou. – Como quiser, eu não me importo. Isso não terá importância daqui a cem anos, ou mesmo daqui a cem dias.

Ilonka parecia magoada, e realmente estava.

– Os meus sentimentos são tão óbvios?

Anya olhou fixamente para fora da janela.

– Não, eu retiro o que disse. O grupo não sabe de nada. Eles são idiotas. Eu sou a única que sabe.

– Como você descobriu?

Quando Anya não respondeu, Ilonka chegou ainda mais perto e se sentou na cama, perto da perna amputada de Anya. O coto estava coberto por uma grossa bandagem branca. Anya nunca deixava ninguém ver como estava, e Ilonka entendia. Anya era a única paciente da clínica que sabia que ela usava uma peruca. Ou era o que Ilonka esperava.

– Eu falo enquanto estou dormindo? – perguntou.

– Não – disse Anya, ainda focada na janela.

– Então você lê mentes?

– Não.

– Você já esteve apaixonada alguma vez?

Anya tremeu, mas parou rapidamente. Ela se virou para Ilonka. Seus olhos estavam calmos outra vez, ou talvez apenas frios.

– Quem me amaria, Ilonka? Estão faltando muitas partes do meu corpo. – Ela alcançou sua Bíblia e disse, como que para pôr fim à conversa: – É melhor correr e pegar o Kevin, antes que a Kathy o faça. Ela está vindo hoje, sabe? Dia de visitas.

Ilonka se levantou sentindo-se triste, a despeito de seu recente voto de ficar feliz.

– Eu sei que dia é hoje – murmurou Ilonka e saiu do quarto.

A Clínica para Doentes Terminais Rotterham não parecia um hospital nem uma clínica, nem por dentro nem por fora. Até dez anos antes fora a mansão à beira-mar de um magnata do petróleo. Localizada no Estado de Washington, próxima à fronteira canadense, a mansão dava para uma extensão de praia irregular, onde as cortantes águas azuis eram sempre frias como o mês de dezembro e se chocavam como espuma branca contra as rochas irregulares, esperando com severa paciência para punir qualquer aspirante a nadador. Ilonka podia ouvir o bramido das ondas da janela de seu quarto, e muitas vezes sonhava com elas sonhos agradáveis e também perturbadores. Algumas vezes, as ondas a erguiam e a carregavam para águas tranquilas e terras imaginárias, onde ela e Kevin podiam andar lado a lado com os corpos saudáveis. Ou então a fria espuma a agarrava e a empalava nas rochas, seu corpo se dividia em dois, e os peixes se alimentavam do que restava. Sim, ela culpou Anya por esses sonhos também.

Ainda assim, apesar dos pesadelos, Ilonka adorava estar perto do oceano e gostava muito mais da Clínica Rotterham do que do hospital onde o doutor White a encontrou apodrecendo. Doutor White era o médico que idealizou aquela clínica. Ele dizia que era um lugar para receber adolescentes enquanto se preparavam para a mudança de turma mais importante de suas vidas. Ela pensou que era uma ótima maneira de definir o lugar. Mas Ilonka fez o doutor White prometer que compraria para ela uma peruca antes que ela se permitisse ficar hospedada com outros trinta jovens doentes terminais.

Mas, é claro, ela não estava morrendo, não com certeza. Pelo menos não desde que tinha começado a cuidar bem de si mesma.

O quarto de Ilonka ficava no segundo andar – onde havia três quartos. No longo corredor por onde caminhou depois de deixar Anya, havia poucas evidências de que a mansão fora transformada em um local para atender doentes. As pinturas a óleo nas paredes, o esplêndido carpete cor de lavanda, até os lustres de cristal: ela podia estar apenas desfrutando da hospitalidade de "Tex" Adams, o homem que tinha deixado para o doutor White sua casa favorita. "Hospital e hospitalidade", Ilonka meditou; contudo, as palavras eram praticamente primas. O cheiro de álcool que chegou ao seu nariz enquanto caminhava em direção à escada, o lampejo de cor branca abaixo dela que sinalizava o início da enfermaria e, acima de tudo, a *sensação* de doença no ar indicava para qualquer um que aquela não era uma casa feliz para os ricos e saudáveis. E sim um lugar triste para os jovens e pobres. A maior parte dos pacientes do doutor White vinha de hospitais públicos.

Só o Kevin que não: os pais dele tinham dinheiro.

Quando estava descendo as escadas, Ilonka se encontrou por acaso com outro membro do "Clube da Meia-noite", como nomearam o clube. Spencer Haywood, ou simplesmente "Spence", como gostava de ser chamado, era o paciente mais saudável da clínica (depois dela, é claro), embora tivesse câncer no cérebro. A maior parte dos hóspedes de Rotterham passava seus dias na cama, ou ao menos em seus quartos, mas Spence estava sempre de pé e perambulando por ali. Ele era magro (na verdade, *todos* na clínica eram magros ou esquálidos), tinha cabelos castanhos e ondulados e um daqueles sorrisos quase sempre debochados gravado em seu rosto. Ele era o grande piadista do grupo (todos os grupos precisavam de um), e sua energia era contagiante, mesmo para aqueles que viviam com analgésicos correndo em suas veias. O rosto de Spence era tão selvagem quanto suas histórias. Era rara uma noite em que uma dúzia de pessoas não era explodida em uma das histórias de Spencer Haywood. Ilonka adorava estar na companhia de Spence, pois ele nunca falava como se fosse morrer.

– Minha garota polonesa favorita – ele disse quando os dois pararam na escadaria, acima da enfermaria. Spence levava um envelope aberto na mão direita, uma folha coberta com caligrafia miúda na outra. – Eu estava procurando você.

– Você tem um amigo que quer me vender um seguro de vida – disse Ilonka.

Ele riu.

– Seguro de vida e de saúde. Ele é um idiota. Ei, como está hoje? Quer ir para o Havaí?

– Minhas malas estão prontas. Vamos. Como você está?

– Schratter acabou de me dar alguns gramas há vinte minutos, então não tenho certeza se ainda tenho uma cabeça nos meus ombros, o que é uma ótima sensação.

"Alguns gramas" eram dois gramas de morfina, o que era uma dose alta. Spence podia até conseguir andar por aí, mas sem remédios fortes ele tinha terríveis dores de cabeça. Schratter era a enfermeira chefe do turno diurno. Ela tinha um traseiro tão grande quanto a lua e mãos que tremiam como a costa da Califórnia em dia de ressaca. Quando Schratter aplicava a injeção, geralmente você precisava levar pontos no local. Ilonka indicou a carta com a cabeça.

– É da Caroline? – questionou.

Caroline era a namorada dedicada de Spence: a moça escrevia praticamente todos os dias. Com frequência, Spence lia as cartas dela no grupo, e a opinião deles era a de que Caroline devia ser a moça mais safada da Terra. Spence assentiu com entusiasmo.

– Existe a possibilidade de que ela venha me ver no mês que vem. Ela mora na Califórnia, sabe? Não pode custear um voo, mas ela acha que poderá tomar o trem.

Um mês era muito tempo na Clínica Rotterham. A maioria dos pacientes ficava internada menos de um mês antes de morrer. Mas Ilonka pensou que seria desagradável sugerir que a garota viesse mais cedo.

– Pelo que você nos contou sobre ela – comentou Ilonka –, você vai precisar de transfusões de todos os seus fluidos vitais depois da visita dela.

Spence sorriu com a perspectiva.

– É uma alegria ter que repor alguns fluidos. Ei, vou dizer por que queria falar com você. Kevin está procurando você.

O coração de Ilonka saltou, tão alto que quase fez uma aterrisagem forçada.

– Sério? – perguntou Ilonka de forma casual. – Para quê?

– Eu não sei. Ele me pediu que lhe desse a mensagem se eu a visse.

– Ele sabe o número do meu quarto; podia ter vindo me procurar.

– Acho que ele não está se sentindo muito bem hoje – Spence comentou.

– Ah... – Kevin não parecia bem na noite anterior. Ele tinha leucemia e tinha saído da remissão três vezes, que era o número de vezes que os médicos diziam ser possível. Três *strikes* e você está fora. Mas, assim como não conseguia imaginar a si mesma, Ilonka não conseguia imaginar Kevin morrendo. Não o seu Kevin. – Vou dar uma passada no quarto e ver o que ele quer – ela disse.

– Talvez seja melhor esperar até mais tarde – sugeriu Spence. – Eu acho que a namorada dele está lá agora. Você conhece a Kathy?

Agora o coração de Ilonka colidiu com o chão.

– Conheço a Kathy – ela murmurou.

Spence notou a mudança de tom. Anya estava errada: ninguém do Clube da Meia-noite era idiota, muito menos o Spence.

– Ela é uma cabeça oca, não acha? – ele perguntou. – Ela é líder de torcida.

– Não acho que as duas coisas sejam sempre sinônimos – Ilonka deu de ombros. – Ela é bonita.

– Não tão bonita quanto você.

– Isso nem é preciso dizer – ela fez uma pausa. – Você vai estar lá à noite?

– Como se tivesse uma dúzia de outros compromissos urgentes. Sim, tenho uma história de assassinato prontinha para a nossa reunião. Você vai adorar, é absolutamente repugnante. E você?

Ilonka continuou a pensar em Kevin, em Kathy e em si mesma.

– Eu tenho uma história para contar – ela disse baixinho.

Eles se despediram, e Ilonka continuou seu caminho. Mas, quando chegou ao pé da escada, virou-se na direção contrária à enfermaria, porque Schratter ia insistir para que ela tomasse algo mais forte. A única medicação que Ilonka usava para controlar a dor era Tylenol 3 – uma combinação de Tylenol e codeína, algo leve se comparado com o que os outros estavam tomando. Ilonka tinha dores praticamente contínuas, uma ardência na parte inferior do abdome, uma cólica. Ela sentiu uma cólica se formar enquanto caminhava em direção ao quarto de Kevin, pensando em como seria vê-lo com *ela*.

Mas Kevin não estava no quarto que compartilhava com Spence. Não havia nada dele ali, exceto seis de suas pinturas, cenas de ficção científica de sistemas estelares em colapso e planetas com anéis girando por uma nebulosa perolada. O trabalho de Kevin era bom o bastante para estar na capa dos melhores romances de ficção científica fácil, fácil. Ilonka não sabia se ele havia pintado algo depois que viera para Rotterham. Não sabia se tinha trazido tinta ou mesmo o bloco de desenhos. Kevin não falava muito sobre sua arte, apesar de todos os outros concordarem que ele era um gênio.

Havia uma de suas pinturas, uma estrela azul em meio a um brumoso campo estelar, que chamou a atenção de Ilonka. Isso já tinha acontecido antes, nas poucas vezes que viera ao quarto de Kevin, e era estranho porque era o trabalho mais simples que ele havia pintado, mas, ainda assim, essa obra a enchia de… do quê? Ilonka nem mesmo tinha certeza de qual era a emoção; esperança, talvez. A estrela brilhava de uma forma encantadoramente azul, como se Kevin a tivesse pintado não com óleo, mas com sua própria luz.

Ilonka saiu do quarto de Kevin e se dirigiu à sala de espera, que ficava perto da entrada de Rotterham. Sabia que estava cometendo um erro, mas fora incapaz de se conter. Ela não queria ver Kathy (a própria ideia do encontro lhe causava certa angústia), mas ainda assim se sentiu compelida a encarar a moça novamente. Como que para ver por que Kevin preferia a líder de torcida a ela. Evidentemente era uma comparação ridícula, como comparar maçãs com laranjas. Kathy era saudável e bonita. Ilonka estava doente e… ora, bonita da mesma forma. Na verdade, Ilonka pensou, Kevin era um tolo. Não conseguia entender por que o amava tanto.

No entanto, sabia o porquê. Achava que sabia.

Tinha a ver com o passado. O passado antigo.

Ilonka encontrou Kathy sentada sozinha na sala de espera. A garota podia ter sido tirada da seção do jornal que tratava de roupas casuais de verão, mesmo vestida com roupas de inverno. O longo cabelo era tão loiro que seus antepassados devem ter migrado das praias da Califórnia. Ela provavelmente usava loção autobronzeadora para dormir. Sim, ela parecia saudável, tão fresca que parecia ter acabado de ser colhida de uma árvore no Condado de Orange. E o pior de tudo era que estava lendo um exemplar da *People*, uma revista semanal que Ilonka comparava com a bíblia satânica, por sua profundidade de percepção. Kathy olhou para cima e sorriu para ela com dentes que provavelmente nunca morderam algo que não fosse natural.

– Oi, eu sou Kathy Anderson – disse a jovem. – Eu não fui apresentada a você da última vez que estive aqui?

– Sim. Meu nome é Ilonka Pawluk.

Kathy deixou de lado a revista e cruzou as pernas cobertas com calças cinza que nunca foram vendidas em promoção. Os pais de Kathy tinham dinheiro também, Ilonka sabia. Além disso, a moça usava um grosso suéter verde cobrindo os seios fartos.

– Esse é um nome interessante – comentou ela. – Qual é a origem?

– "Ilonka" é um nome húngaro, mas minha mãe e meu pai são poloneses.

– Você nasceu na Polônia?

– Sim.

Kathy assentiu.

– Achei mesmo que você tinha um sotaque.

– Eu saí da Polônia quando tinha oito meses de idade.

O comentário foi feito para que Kathy se sentisse tola, mas a garota era tão desatenta que nem percebeu. Além disso, outras pessoas já comentaram que Ilonka *realmente tinha* um sotaque; algo compreensível, levando em conta o fato de que a mãe, que já havia morrido, falava principalmente polonês em casa. Ilonka não conhecia o pai, que desaparecera antes que elas saíssem da Polônia.

– Onde você cresceu? – indagou Kathy.

– Seattle. Você é de Portland?

– Sim. Estudo na mesma escola que o Kevin – Kathy olhou ao redor. – Ele sabe que eu estou aqui?

– Acho que sim. Posso dar uma olhada se você quiser.

– Você faria isso, por favor? – Kathy estremeceu e desfez o semblante animado. – Eu admito que esse não é meu lugar preferido. Ficarei feliz quando Kevin estiver curado e puder voltar para casa.

Ilonka quase soltou uma gargalhada e teria rido se não estivesse tão próxima às lágrimas. Ela queria gritar com a garota. "Ele não vai para casa. Ele não é seu namorado. Ele pertence a nós agora. Nós somos os únicos amigos que ele realmente tem, os únicos que entendem o que ele está passando."

"Ele pertence a mim."

Mas Ilonka não disse nada, porque Kevin ficaria chateado.

– Espero que seja logo – disse Ilonka, virando-se para sair.

Foi nesse momento que Kevin entrou pela porta.

Quando olhava para Kevin, mesmo que o visse todos os dias, era sempre os olhos dele que lhe chamavam a atenção. Castanhos, grandes e redondos. Fortes, sem parecerem intimidadores. Resplandeciam humor e inteligência. O resto do corpo dele não estava tão ruim, ainda que parecesse muitíssimo doente. O cabelo era castanho e cacheado, tão macio quanto o de uma criança, apesar do toque acinzentado que tinha aparecido nas últimas duas semanas. Ilonka não sabia como o cabelo tinha aguentado os rigores da quimioterapia pela qual sabia que Kevin tinha passado. Mas talvez tivesse perdido o cabelo e ele tivesse crescido novamente. Ilonka nunca teve coragem de perguntar, pensando que atrairia a atenção para a sua peruca.

Até seis meses atrás, na primavera anterior, Kevin era um atleta de corrida, e tinha o porte físico para isso, ombros largos, pernas longas e firmes. Ilonka soube que ele ficou em terceiro na corrida do campeonato estadual, e, de vez em quando, Kevin falava sobre as Olimpíadas e sobre os grandes corredores que admirava. Ele também falava sobre pintores de que gostava: Da Vinci, Rafael e Van Gogh. O fato de Kevin ser um atleta e um pintor ao mesmo tempo a intrigava.

Ainda assim, esses dois fatos não eram a razão por que o amava. Esse sentimento estava relacionado com algo que não era possível ver, algo sobre o que não se podia nem mesmo falar, mas que, no entanto, talvez pudesse ser lembrado. Ilonka realmente tinha uma história interessante pronta para a reunião daquela noite do Clube da Meia-noite.

Ela se lembrava da primeira vez que viu Kevin. Ilonka estava na clínica há apenas dois dias quando ele chegou. Encontrou-o sentado na biblioteca, diante de um fogo ardente, envolto em um robe de flanela, encolhido numa poltrona, com um livro no colo. Ela não sabia naquele tempo, mas, na condição em que estava, Kevin era sensível ao frio. Spence, que dividia o quarto com ele, brincava muitas vezes dizendo que Kevin devia estar preparando os dois para o fogo dos infernos com a temperatura em que mantinha o quarto deles.

Enfim, Kevin olhou para cima quando ela entrou na sala, e Ilonka nunca se esqueceu da maneira como os olhos dele se fixaram no seu rosto, e como os olhos dela fizeram o mesmo. Eles devem ter-se encarado por um bom tempo antes que um dos dois falasse. Naquele momento, Ilonka encontrou e perdeu algo precioso, um amigo mais precioso que todas as pedras preciosas do mundo todo. "Encontrou" porque o amou à primeira vista; e "perdeu" porque estava claro que ele era um paciente e provavelmente iria morrer. Foi Kevin quem disse as primeiras palavras.

– Eu conheço você?

Ilonka sorriu.

– Sim.

Ela sorriu quando Kevin entrou agora na sala de espera. Ele usava o mesmo pijama de flanela (seu favorito) por baixo de um longo casaco azul. Estava também calçado com as botas pretas, e Ilonka temia que ele planejasse sair. O rosto dele estava macilento e muito pálido. Na noite anterior, quando lhe desejou boa-noite, Ilonka já ficara apreensiva de que não fosse vê-lo novamente. Contudo, nesse momento, Kevin parecia mais doente do que na noite anterior. Ele não sorriu como fazia normalmente quando a via; em vez disso, tossiu. Atrás de si, Ilonka ouviu Kathy se levantar.

– Ilonka, o que está fazendo aqui? – questionou Kevin. – Oi, Kathy.

– Kevin – disse Kathy com a voz tensa.

Era óbvio que o semblante de Kevin a deixou em estado de choque.

– Soube que você estava me procurando, e vim procurá-lo – respondeu Ilonka.

Ele avançou para dentro da sala; seus passos eram instáveis. Ilonka queria estender uma mão para ajudá-lo, mas não sabia como ele iria reagir, especialmente com Kathy por perto. Kevin era um rapaz de fácil convivência na maior parte do tempo, mas Ilonka tinha notado em algumas ocasiões que ele ficava desconfortável diante de situações embaraçosas.

– Eu queria tratar de algumas coisas com você, mas podemos conversar depois. – Kevin passou por ela e voltou sua atenção para Kathy, e o simples ato era como uma lança cravada no coração de Ilonka. – Como foi a viagem? – perguntou Kevin para a namorada.

Kathy forçou um sorriso, sem conseguir esconder o medo em seus olhos. Ela não era uma completa idiota, podia ver o quão doente ele estava. Ilonka parou por um momento, sentindo-se completamente deslocada. Ela observou enquanto eles se abraçavam, enquanto se beijavam. Kathy pegou Kevin pela mão e o guiou para a porta da frente. Foi nesse momento que

Ilonka quis correr atrás dele e fechar todo o zíper de seu casaco, ajeitar seu cachecol e contar a ele o quanto o amava, e perguntar por que ele não a amava e o que estava fazendo com essa garota que não o amava. Mas, em vez disso, saiu correndo da sala de espera.

Alguns minutos depois, Ilonka estava no extremo oposto da clínica, num quarto vazio e pequeno, que pode ter sido um quarto de bebê antes de a mansão ser transformada. Nesse lugar, as janelas estavam voltadas diretamente para o amplo gramado que levava ao penhasco do oceano. As ondas estavam furiosas hoje, a espuma respingava trinta pés de altura cada vez que uma onda batia nas rochas. Kathy e Kevin caminhavam de mãos dadas, com os cabelos balançando ao vento frio. Kevin parecia tão frágil que Ilonka pensou que ele poderia ser levado pelo vento.

– Se você deixar que ele se molhe, ele vai pegar uma pneumonia – ela murmurou. – Então ele vai morrer, e a culpa vai ser sua. – Depois acrescentou: – Vaca.

– Ilonka – disse uma voz atrás de si.

Ela se virou. Era o doutor White, seu benfeitor e diretor da clínica. O doutor White tinha um nome perfeito, porque seu bigode arrumado e a barba eram tão brancos quanto a primeira nevada, e seu rosto redondo e corado o fazia parecer um bondoso médico do interior de antigamente, ou como o próprio Papai Noel. Ele nunca vestia roupa branca, como a maioria dos médicos, mas usava ternos de lã escura, cinza ou azuis, e, para sair, um chapéu de *tweed*, que complementava a firme bengala de madeira, sem a qual não podia andar. O doutor White entrou mancando no aposento, sem chapéu, com a bengala na mão, e se sentou em uma cadeira que havia sido colocada ao pé da cama e que ocupava boa parte do quarto, suspirando de alívio enquanto se sentava. Sua perna direita estava gravemente artrítica. Contou para Ilonka que sofreu uma fratura quando era jovem, correndo dos touros em Pamplona. Ele tirou os óculos de armação dourada e indicou para que Ilonka se sentasse na cama. A chegada do médico a assustara, e ela se perguntava se ele a tinha ouvido xingar Kathy. Ilonka se sentou.

– Como você está, Ilonka? – perguntou o médico.

O doutor White sempre a tratava com gentileza, fazendo o possível para lhe dar qualquer coisa de que ela precisasse. Com tantos pacientes sob seus cuidados, Ilonka não sabia por que merecia atenção especial, e ainda assim se sentia agradecida pelo carinho. No dia anterior, o doutor White tinha trazido para ela uma sacola com livros de um sebo de Seattle. Ele sabia o quanto ela gostava de ler.

– Estou me sentindo ótima – respondeu Ilonka, embora tivesse de lutar para manter a voz estável. A dor, causada pela visão de Kevin junto a Kathy, continuava a arder dentro dela, como um segundo câncer. – Como está o senhor, doutor White?

Ele pôs a bengala de lado.

– Eu estou como sempre: feliz por poder ajudar vocês, jovens, e frustrado por não poder ajudar mais. – O doutor White suspirou mais uma vez. – Estive no State[1], em Seattle, e conheci uma garota da sua idade que poderia se beneficiar de uma estadia aqui. Mas tive de dispensá-la, pois não temos mais quartos.

– E este quarto? – Ilonka indagou.

– Vai haver duas novas camas aqui amanhã, e então, três novos pacientes para quem já prometi lugar. – Ele deu de ombros. – Mas é um problema recorrente, não quero incomodá-la com isso. – O doutor White fez uma pausa e limpou a garganta. – Vim aqui para conversar sobre o exame que você queria que eu marcasse para amanhã.

– Sim. O senhor marcou?

– Sim, está marcado. Mas estava pensando se quer mesmo passar por isso. Você sabe que esses exames de ressonância magnética demoram

---

[1] Washington State Hospital Association. (N.T.)

uma eternidade, e você tem que ficar confinada naqueles compartimentos estreitos.

Ilonka sentiu um nó garganta, acompanhado do desânimo de seu coração. Aquele não estava sendo um bom dia.

– Está sugerindo que o exame pode ser uma perda de tempo? Eu realmente estou me sentindo melhor. Acho que meus tumores estão definitivamente diminuindo de tamanho. Eu tenho tomado todas as ervas que pedi que o senhor conseguisse para mim: chaparral, trevo vermelho, pardo arco. Li todos os livros sobre as ervas, e elas funcionam em muitos casos, especialmente em tumores como o meu.

O doutor White hesitou antes de falar, embora seus olhos não deixassem o rosto de Ilonka. O médico estava acostumado a lidar com casos difíceis e não recuava ao confrontá-los diretamente. Na verdade, Ilonka estava quebrando o acordo fundamental da clínica ao pedir exames adicionais. Uma clínica de cuidados paliativos é um lugar para morrer com o maior conforto e dignidade possível, não é um hospital onde o doente vai esperando se recuperar. Doutor White havia dito isso a ela quando a trouxe para Rotterham.

– Mas, Ilonka – disse o médico gentilmente –, o câncer já tinha se espalhado por uma extensa região do seu abdome antes que você começasse a usar as ervas. Ora, não estou rejeitando os tratamentos naturais; em muitos casos eles produziram resultados excelentes. Mas, nesses casos, as ervas quase sempre começaram a ser usadas quando a enfermidade estava nos estágios iniciais.

– *Quase* sempre – disse Ilonka, contestando –, não sempre.

– O corpo humano é o organismo mais complexo de toda a criação e nem sempre se comporta como o esperado. Mesmo assim, acho que o exame de amanhã vai ser um sofrimento desnecessário para você.

– O exame é caro? O senhor vai ter que pagar do seu bolso?

O doutor White moveu a mão.

— Eu fico feliz de pagar por qualquer coisa que a faça sentir-se melhor, Ilonka. Não estou levando em consideração o dinheiro, mas, sim, o seu bem-estar.

— Mas como você sabe que eu não estou melhor? Apenas eu sei como me sinto, e eu posso afirmar que os tumores encolheram.

Doutor White assentiu.

— Muito bem, deixe-me examiná-la.

— Agora? Aqui?

— A porta está fechada. Nós estamos sozinhos. Quero fazer um exame completo da área abdominal. Antes de você vir para cá, eu conseguia sentir os tumores com os dedos. Quero ver se ainda consigo senti-los. — O doutor White se levantou. — Por favor, levante a blusa e desabotoe a calça. Você pode se deitar na cama enquanto a examino.

Ilonka, relutantemente, pôs a mão no botão da calça.

— Mas esse vai ser um exame superficial. Precisamos ver por dentro, para saber o que realmente está acontecendo.

— Com certeza, mas ao menos teremos uma ideia. Venha, Ilonka, não vou machucá-la. Deite-se, e vamos ver o que temos aí.

Ilonka desabotoou a calça e levantou a blusa. Ela cuidadosamente se acomodou sobre a cama. Tinha perdido as forças dos músculos abdominais; sentia dor ao se deitar. O doutor White se sentou ao lado dela e a tocou perto do umbigo, os dedos do médico examinando minuciosamente. As mãos dele estavam cálidas — como sempre, ele tinha o toque curador —, mas o contato a fez enrijecer.

— Não tão forte — ela sussurrou.

— Eu praticamente não toquei em você — ele disse.

Ilonka respirou fundo.

— O senhor está certo, está tudo bem. Não dói tanto assim, nem um pouquinho.

— Mas a área está muito sensível. — Os dedos do médico examinaram mais para baixo, sobre as cicatrizes.

Ilonka tinha sido operada três vezes, e a última incisão ainda estava cicatrizando. Era como se os dedos estivessem raspando os nervos dela em carne viva.

— Distendi um músculo nessa região outro dia, eu acho.

— Quero pressionar um pouco aqui.

As mãos do doutor White estavam entre o umbigo de Ilonka e a genitália, bem embaixo da última cicatriz.

Ilonka estava suando.

— Precisa mesmo?

— Respire fundo e bem devagar.

— Ai!

— Desculpe. Eu machuquei você?

— Não, tudo bem. Como está?

— Tem muitos nódulos, e está muito rígido.

Ela forçou uma risada enquanto sentiu uma gota de transpiração cair no olho.

— O senhor não estaria nem um pouco melhor se lhe tivessem cortado tantas vezes quanto me cortaram.

O doutor White se levantou.

— Você pode vestir a calça.

O médico se virou de costas e voltou para a cadeira, mas não se sentou. Em vez disso, pegou a bengala e se apoiou nela. Esperou que Ilonka ajeitasse as roupas e, por fim, repetiu:

— A área está muito sensível.

— Mas o tecido muscular foi cortado e costurado muitas vezes. É natural que esteja sensível. O senhor realmente consegue distinguir entre um músculo nodoso e um tumor?

— Sim. Os tumores ainda estão aí, Ilonka.

Isso a fez recuar um passo, ou melhor, uns cem passos. Ilonka assentiu debilmente.

— Eu sei disso, não disse que não estavam. Estou apenas dizendo que estão menores, e eu acredito que uma resssonância magnética da região vai confirmar isso.

— Se você realmente sente que precisa do exame, vou levá-la ao hospital amanhã.

Ilonka o encarou.

— O senhor acha que será perda de tempo?

— Acho que será uma dificuldade desnecessária para você.

— Eu quero fazer o exame.

Ela olhou pela janela.

O doutor White não respondeu imediatamente. Ele também olhou para a janela, na direção onde Kathy e Kevin foram vistos caminhando. Os dois pombinhos não estavam à vista naquele momento, e Ilonka estava grata por isso. Ela olhou rapidamente para o doutor, que tinha em seu semblante um olhar distante.

— Eu já disse que você me lembra a minha filha? — comentou o doutor White.

— Não. Eu não sabia que o senhor tinha uma filha. Como ela se chama?

— Jessica. Jessie. — O médico bateu com a bengala no pé direito, como para forçar a si mesmo a voltar para o presente. — Virei buscar você às dez em ponto. Talvez possamos ir ao McDonald's depois do exame.

Ilonka não quis dizer a ele que estava evitando comer *fast-food*.

— Obrigada, isso seria ótimo.

Ele se virou.

— Adeus, Ilonka.

— Se cuide, doutor White.

Quando o médico saiu, Ilonka foi novamente até a janela procurar Kathy e Kevin. Era como se eles tivessem andado muito próximos à beira do penhasco, tivessem caído e sido arrastados pelo mar. Não conseguiu achar nenhum vestígio deles em lugar algum. No entanto, ela não estava realmente preocupada com a segurança deles. Kathy era jovem, bonita e rica. Ela tinha muito para viver e não se arriscaria desnecessariamente.

Ilonka voltou para o quarto. No caminho, parou na enfermaria e pediu que Schratter lhe desse Tylenol 3. Sentia dor no abdome, no local onde o doutor White tinha tocado. Tudo doía, especialmente sua alma. Schratter deu a ela meia dúzia de comprimidos e perguntou se não queria algo mais forte. Ilonka negou, porque ela não era como os outros: não precisava de drogas fortes. No entanto, quando estava no quarto, deitada na cama, não muito longe de Anya, que estava cochilando, Ilonka colocou os seis comprimidos na boca e os engoliu com um copo de água. Normalmente, ela tomava apenas dois por vez. Os comprimidos demoraram de vinte a trinta minutos para fazer efeito. Ela se deitou e fechou os olhos. Eram quatro da tarde, e ela iria dormir por algumas horas para então acordar, pronta para mais uma reunião do Clube da Meia-noite. Era tudo o que tinha para esperar.

Antes de desmaiar, Ilonka rezou para sonhar com o Mestre.

E ele veio até ela mais tarde e lhe contou muitas coisas.

Mas era apenas um sonho. Talvez.

CAPÍTULO 2

Foi Sandra Cross quem acordou Ilonka Pawluk, e não Anya Zimmerman. Os primeiros momentos de consciência de Ilonka foram desorientados. O quarto estava escuro, e ela não conseguia ver quem a sacudia, ou mesmo se era um ser humano. Além disso, não sentia como se tivesse retornado completamente para o corpo. Ilonka ainda estava caminhando às margens do Nilo, ao lado do sábio, sob as sombras das pirâmides – o sol era milhares de anos mais novo do que o sol que ela conhecia. Instintivamente, ela deu um tapa na mão que estava em seu braço, e só então escutou a voz de Sandra.

– Você batia na sua mãe todas as manhãs, quando ela ia acordar você para a escola? – perguntou Sandra, sua sombra indistinta sentando-se na cama, afastando-se de Ilonka. Ela não parecia aborrecida; Sandra nunca parecia aborrecida.

– Minha mãe nunca teve que me acordar – disse Ilonka, com o coração disparado. – Eu sempre estava de pé antes dela. Que horas são?

– Já é quase meia-noite, hora do *rock'n'roll*.

– Não. Sério? Nossa, como pude dormir por tanto tempo? – Então se lembrou da boca cheia de comprimidos. Ilonka se sentou e afastou os cobertores. – Onde está a Anya? Por que ela não me acordou?

– Ela disse que você estava dormindo tão profundamente que não quis acordá-la. Mas Kevin achou que você ficaria chateada se perdesse a reunião.

Ilonka sorriu com a ideia da preocupação de Kevin por ela. Mas o sorriso não durou muito. Ela estendeu a mão e ligou a luz. O clarão a cegou por um momento, e logo ela estava sentada frente a frente com Sandra Cross.

Era tradição em Rotterham definir as pessoas de acordo com a enfermidade que lhes afligia. Pelo menos a maioria deles fazia isso, e Ilonka não era uma exceção, embora procurasse não fazer isso. Sandra tinha linfoma de Hodgkin, em fase terminal, para ser preciso, embora a jovem parecesse estar relativamente bem. Na verdade, Sandra era a paciente mais roliça de toda a mansão, o que não queria dizer que estava acima do peso, apenas que não estava esquálida. Sandra tinha cabelo ondulado ruivo alaranjado, que se tornava vermelho se a luz fosse favorável, olhos cor de mel que nunca passariam por verdes, sardas que não perdiam o sol e uma boca que ela estava sempre tentando aumentar com batom. Ela era uma garota agradável, mas simples, um membro do Clube da Meia-noite apenas porque queria ser, não pelas histórias maravilhosas que contava. De fato, Sandra ainda não tinha relatado um único conto, mas assegurava a todos que uma obra-prima estava a caminho. Ilonka tinha suas dúvidas, apesar de não se importar com a presença de Sandra no grupo. Eles precisavam de no mínimo cinco pessoas para sentir que estavam falando para um grupo.

– Como você está se sentindo? – Sandra perguntou.

– Por que todo mundo aqui sempre faz essa pergunta para todos os outros?

Sandra sorriu.

– Porque parece que todos nós precisamos dessa pergunta.

– Você, não – Ilonka olhou para Sandra de soslaio. – Por que não?

– Você faz essa pergunta como se eu tivesse descoberto um túnel secreto para sair daqui.

Ilonka sorriu de forma sonhadora.

– Essa não seria uma história fantástica? Que existia uma porta secreta neste lugar e que, se você pudesse encontrá-la e entrar por ela, apareceria no mundo real completamente bem. Ei, por que você não conta essa história?

Sandra parecia um tanto frustrada, e provavelmente era como se sentia.

– Eu não tenho a sua imaginação, Ilonka. Você que deveria contá-la.

– Não, eu acho que você deve. – Ilonka sentiu um calafrio bem naquele momento, vindo do nada, e foi pegar o robe. A janela do quarto estava meio aberta, devia ser isso; o ar da noite penetrava sorrateiramente, como um sopro de outro mundo. Tinha que se cuidar, para não pegar um resfriado. Ilonka disse, ao colocar os pés no chão: – Vamos. Não quero que eles comecem sem a gente.

A Clínica Rotterham oferecia com frequência sessões de terapia para aqueles que ainda precisavam encarar a realidade de seu estado de saúde. Esses grupos geralmente eram direcionados pelo doutor White e não eram mais que oportunidades para as pessoas desabafarem, embora ocasionalmente o doutor dissesse algo que fosse útil. Ilonka participou de algumas sessões, antes que fosse formado o Clube da Meia-noite, e sentiu que traziam benefícios para aqueles que encontravam conforto ao compartilhar seus pesares. No entanto, sentiu que não se encaixava nesse grupo, pois não queria que outros assumissem suas tristezas. Ilonka queria que todos eles pudessem se levantar, sair pela porta e jogar beisebol, mesmo que fosse para se sentarem nas arquibancadas. Pelo menos foi isso que disse ao doutor White, que não argumentou o assunto.

Mas o Clube da Meia-noite era diferente. Ele era sobre vida (algumas vezes vidas extremamente violentas, é verdade), não sobre morte. Como começou? Nenhum deles tinha certeza absoluta. Spence dizia que a ideia tinha sido dele, mas Ilonka achava que Kevin fora o primeiro a apresentá-la. Em contrapartida, Kevin dizia que Ilonka era a cabeça por trás de tudo. Seja como for, a ideia vingou instantaneamente. Eles se encontrariam na biblioteca quando o relógio indicasse meia-noite. Lá haveria um fogo ardente. As histórias fluiriam, eles voariam com elas, e as noites seriam um pouco menos escuras. Os quatro já eram amigos: Spence, Kevin, Anya e Ilonka. Deixariam que Sandra se juntasse a eles para a aventura. Era isso, todos concordaram, ninguém mais entraria no clube. E, o mais engraçado, ninguém mais pediu para entrar. O horário avançado das reuniões devia ter algo a ver com isso. A meia-noite era proibida para os que estavam extremamente doentes.

Quando o doutor White soube do clube, ficou entusiasmado, como sabiam que ele ficaria. Mas o médico ficou surpreso quando não o deixaram participar. Ficou surpreso, mas não ressentido. O doutor White sabia que as melhores terapias eram aquelas que os pacientes criavam para si próprios. Ofereceu para os jovens a biblioteca, o melhor cômodo da casa, com lenha o bastante, e lhes disse que aproveitassem.

Ilonka e Sandra se apressaram em direção à biblioteca e entraram no aposento quando Spence estava colocando outra tora no fogo que já estava forte. As paredes eram cobertas com painéis de madeira (de nogueira), o cômodo cheirava a madeira e livros velhos, e não era de se estranhar, já que muitas das estantes estavam cheias de volumes que podiam ter sido trazidos pelos primeiros colonizadores americanos. Ilonka uma vez encontrou um romance pornográfico francês do século II na biblioteca. Ao menos foi o que disse Spence, que por acaso estava passando por ali bem no momento e que por acaso sabia francês. É claro, o livro podia ser sobre cuidados pueris, a julgar pelo que Ilonka sabia da língua.

No centro da biblioteca ficava a lareira, um artefato antigo, de tijolos, que eles diziam brincando que era grande o suficiente para cremar todos que estavam ali. Ainda que o salão estivesse decorado com inúmeras poltronas, e até mesmo com alguns sofás pequenos, eles decidiram se reunir na pesada mesa de mogno, no centro do aposento. Ali, a cada noite, dispunham castiçais de prata, que eram trazidos de um armário de outra sala e equipados com longas velas brancas, que queimavam como chamas sagradas em uma igreja medieval. Ilonka se sentou entre Kevin e Spence e de frente para Anya e Sandra. Anya estava em sua cadeira de rodas, como sempre, com um xale azul enrolado em seus ombros. Uma tensão nos traços de seu rosto mostrava que ela estava sentindo dor. Kevin também estava enrolado em um cobertor. Ele não tinha se trocado desde aquela tarde, tinha tirado apenas o casaco e as botas. Ele continuava pálido como um cadáver. Mas não fazia sentido ir até o doutor White e pedir uma transfusão de sangue, porque esse tratamento ia contra as regras. Naquela clínica, eram administrados apenas medicamentos paliativos. Ilonka estava sentindo dor, mas era mais leve do que a que sentiu à tarde, e ela suspeitava que o Tylenol ainda estivesse em seu organismo. Ainda não estava se sentindo totalmente acordada.

– Desculpe, estou atrasada – ela disse.

– Soube que você teve um encontro – disse Spence.

Ilonka sorriu com a ideia. Ela nunca tinha saído com ninguém. A doença a atingiu quando ela tinha quinze anos, seis meses depois da morte da mãe, e, desde então, Ilonka tinha entrado e saído de hospitais. Ela era a mais nova do grupo. Ia completar dezoito anos dali a quatro semanas. Spence era o mais velho, com dezenove. Todos os outros tinham dezoito.

– É, não conseguia me livrar dele – disse Ilonka. – Mas eu não sabia se o cara me queria pelo meu corpo ou pelos meus remédios.

– Falando nisso – disse Anya –, alguém tem um pouco? Eu não me sinto muito bem.

– Você pode pedir para a enfermeira noturna – disse Sandra.

– Eu quero agora – afirmou Anya. – Spence?

– Eu tenho morfina. – Ele colocou a mão no bolso e tirou alguns comprimidos brancos de um grama.

Spence sempre carregava remédios para dor a mais em seu bolso, embora só Deus saiba onde os conseguia, porque as enfermeiras eram muito rígidas com o que distribuíam. Ele deslizou os comprimidos para Anya, que os engoliu com um copo de água. Sandra olhava tudo aquilo com desaprovação, mas Anya a ignorou. O restante do grupo não se importava de forma alguma.

– Vamos começar – disse Anya.

Todos eles se colocaram de pé, exceto Anya, e abraçaram uns aos outros, dizendo: "Eu pertenço a você". Era um ritual que Ilonka tinha criado na primeira reunião. A ideia tinha surgido em sua mente; ou melhor, como ela agora acreditava, fora *dada* a ela. O efeito de cumprimentar cada pessoa dessa forma era dramático. Não importava o quão solitários se sentiam quando entravam na sala, depois que começavam as histórias, eram todos uma família. Até mesmo Anya, cabeça-dura como era, parecia desfrutar de cada pessoa que vinha escutá-la e abraçá-la em sua cadeira de rodas. Ilonka abraçou Kevin bem apertado, e até mesmo o beijou na bochecha. Ela podia fazer isso dessa vez.

– Eu pertenço a você – sussurrou ela no ouvido dele. Conseguia sentir os ossos de Kevin em suas mãos.

– Eu sempre vou pertencer a você, Ilonka – Kevin disse com sentimento, surpreendendo-a.

Ele a beijou de volta, na testa. O beijo significou muito para ela, mais do que o resto de sua vida até agora. Era uma pena que os lábios dele estivessem tão ressequidos. A morfina fazia isso, e ressecava a garganta também. Kevin sempre parecia estar com sede quando falava.

Ela sorriu.

– Você está falando sério?

Os olhos castanhos dele eram gentis.

– Claro. Você tem uma boa história para hoje?

– A melhor. E a sua?

– Sua história vai ter que ser muito boa para superar a minha – declarou ele.

Eles voltaram para seus lugares e se viraram para o Spence. Eles nem mesmo perguntaram se ele queria ser o primeiro, porque Spence sempre era o primeiro, e, de certa forma, era bom acabar primeiro com a violência, embora ouvir as histórias de inevitável horror de Anya não fosse a melhor maneira de terminar a noite. Ilonka decidiu que tentaria fazer com que Anya contasse sua história logo depois da primeira. Spence tomou um gole de um chá que tinha trazido consigo. Ele se sentia em casa quando estava no palco, e Ilonka desejava que ele tivesse a chance de ser um ator – ele estudava Artes Dramáticas antes de o tumor no cérebro ser descoberto. Assim como Kevin, Spence era um rapaz de muitos talentos. Spence colocou o chá na mesa e limpou a garganta.

– Essa história se chama "Eddie dá um passeio" – disse Spence. – Se passa em Paris.

Kevin imediatamente resmungou.

– Qual é o problema? – perguntou Spence.

– Minha história começa em Paris – afirmou Kevin. – Coloque a sua em outro lugar.

– Não posso, eu preciso da Torre Eiffel. Faça você a sua história em outro lugar.

– Eu preciso do Louvre – declarou Kevin.

– Não importa – disse Ilonka. – Nós somos os únicos que vamos escutar essas histórias. Eu, por exemplo, não me importo se tivermos duas histórias que se passam em Paris. Eu amo Paris. Minha mãe foi para lá antes de vir para a América. As pessoas são extremamente grosseiras, mas é o lugar mais romântico do mundo.

Kevin começou a encará-la de forma estranha.

– Não sabia que você já esteve em Paris.

Ilonka não se importou com o fato de ele a estar encarando.

– Você não notou o aroma internacional em meu caráter?

– Ei, todos conseguem perceber que você já andou por muitos lugares, Ilonka – Spence disse. – Mas nós estamos bem com isso? Duas histórias que se passam em Paris na mesma noite?

– A minha história vai demorar mais que uma noite para ser contada – afirmou Kevin.

– Ótimo – disse Spence, com exagerada paciência. – Eu não vou contar uma história sobre Paris amanhã. Agora me deixem começar antes que outro fale.

Spence tomou outro gole de chá e então começou.

– Havia um turista americano chamado Edward Maloney, ou apenas Eddie, para abreviar. Ele tinha por volta de quarenta anos e era veterano do Vietnã. Seu rosto estava cheio de cicatrizes por causa da bomba de napalm[2] que os companheiros deixaram acidentalmente cair perto dele, enquanto abriam uma clareira na selva. Por causa de sua aparência medonha, ele tinha problemas para conseguir garotas, a não ser que pagasse por elas. Nem mesmo as prostitutas gostavam de ir para a cama com ele, porque era difícil fingir prazer quando tinham um monstro olhando para elas.

– Começamos bem – Anya murmurou.

Spence sorriu e continuou.

– Eddie estava em Paris para realizar uma pequena vingança. A maioria de vocês provavelmente não sabe, mas os franceses chegaram ao Vietnã

---

[2] Granada constituída de um invólucro muito tênue que contém o napalm, um agente gelificante empregado na fabricação de bombas e cujos principais compostos são os ácidos **naft**ênico e **palm**ítico. (N.T.)

antes dos americanos e, na cabeça de Eddie, foram os franceses que começaram a guerra e eram a causa de sua desgraça. Além disso, como Ilonka disse, todos na cidade o trataram com grosseria desde o dia em que ele chegou. Eddie acreditou que apenas se vingaria de um lugar que merecia. Na noite em que nós conhecemos Eddie, ele planejava ir para o topo da Torre Eiffel com alguns rifles telescópicos de alta potência e matar as pessoas, uma por uma. Veja bem, Eddie achava que podia atirar nas pessoas por bastante tempo antes que a polícia descobrisse de onde os tiros estavam vindo. Seus rifles tinham silenciadores, miras e um alcance de mais de um quilômetro e meio.

– Nunca se tem silenciadores em fuzis de precisão – afirmou Anya. – Além disso, não se pode atirar com precisão a mais de um quilômetro de distância.

– Ah, faça-me o favor, eu sei mais de armas que você. Deixe-me continuar. Eddie não queria realizar sua pequena travessura sozinho. Ele teve uma namorada no colegial, e a moça agora morava em Paris, e essa foi outra razão por que escolheu essa cidade para fazer seu grande protesto ao mundo. O nome dela era Linda, e ela o deixou por um jogador de futebol, enquanto Eddie estava no exército. Isso aconteceu vinte anos antes, mas Eddie a rastreou e decidiu que ela estaria ao seu lado quando ele começasse a atirar. Ele também planejava usá-la como escudo quando a polícia finalmente descobrisse de onde as balas estavam vindo.

"Eddie foi até a casa de Linda depois da meia-noite. Levou também consigo uma pistola com um silenciador. Todos esses brinquedinhos ele tinha comprado no mercado negro, em Paris, onde, como podem imaginar, os traficantes de armas árabes e israelenses trabalham praticamente em frente aos centros comerciais. Linda estava morando com um colombiano, mas Eddie não teve problema ou constrangimento em acabar com o cara."

– Espere – disse Anya. – Como ele entrou na casa?

– Ninguém tranca a porta de casa em Paris – afirmou Spence.

– Sim, eles trancam – Ilonka disse.

Spence deu de ombros.

– Muito bem então, ele entrou por uma janela. Eddie ainda era um ótimo escalador, embora estivesse mais velho. Enfim, ele acabou com o namorado de Linda enquanto o cara estava dormindo, pulou no peito da mulher e colocou a arma na cabeça dela. E disse:

"'Grite, querida, e será o último som que ouvirá nesta vida.'

"Linda o reconheceu, porque o tinha visto uma vez depois da guerra. Ela sabia manter sua boca calada. Eddie mandou que ela se vestisse, e então a levou para o carro.

"A Torre Eiffel pode ser um dos pontos de referência mais famosos em Paris, mas à noite, quando está fechada, a segurança ali não é nada se comparada com a do Louvre ou com qualquer outro museu famoso. Isso é um fato. É porque não se pode roubar uma torre. Não dá para fazer nada para ela, a não ser que tenha muitas caixas de dinamite. Ainda assim, há um pouco de segurança, e Eddie teve de despachá-los para que não acionassem um alarme antes que ele chegasse ao topo da maldita torre. Mas Eddie tinha sorte em um aspecto: podia lidar com cada nível de segurança por vez. Se você visita a torre, começa pela base, é claro, e então sobe mais algumas centenas de metros até o segundo andar. Depois, mais algumas centenas de metros até o terceiro andar. Finalmente, você entra em um elevador que o leva do centro até o topo. Eddie estava com Linda quando estacionou e caminhou em direção à entrada, no andar térreo."

– Nós poderemos interromper se acharmos que algo não é plausível? – Anya perguntou.

– Não – respondeu Spencer, sentindo-se ofendido. – Vocês, que contam histórias sobre demônios e bruxas, como podem ser considerados plausíveis? Além disso, tudo o que eu disse é possível, na teoria. Eu já estive na torre, conheço caras como o Eddie. Ele é um ótimo personagem, que planejou isso durante anos. Deixe-me continuar.

"Com uma mão, Eddie puxava Linda e, com a outra, segurava a pistola com silenciador. Ele forçou a mulher a carregar a mala que levava os rifles. As armas eram pesadas, mas Eddie disse que, se ela não fizesse a parte dela, ele ia estourar seus miolos. Linda queria gritar, havia algumas pessoas por perto, mas ela decidiu esperar até ter uma chance melhor de escapar.

"Na entrada havia dois guardas parados bebendo café. Eddie não hesitou. Baleou os dois no peito, e rapidamente escondeu os corpos. Depois, empurrou Linda para dentro do elevador que levava ao segundo e ao terceiro andar. O elevador funcionava manualmente e, enquanto subiam, Eddie se sentia bem. Ele estava empenhado.

No segundo andar, Eddie saiu com Linda, deixando a mala com os rifles ali dentro. Ele não tinha por que parar ali; podia ter ido direto para o terceiro andar. Mas ele queria matar todos os seguranças da torre. Havia apenas dois seguranças no segundo andar, e Eddie acabou com eles em um minuto."

– Como Linda ainda não começou a gritar? – Anya queria saber.

– Ela tinha medo de que ele a matasse – Spencer afirmou. – Eu já expliquei isso. Parem de me interromper, para que eu não interrompa vocês. Eddie foi até o terceiro andar, onde aconteceu a mesma história: dois seguranças abatidos. Então, ele colocou Linda e as malas no elevador central e prosseguiu até o topo.

"Lá ele teve um contratempo. Havia apenas um guarda no topo, mas o camarada estava alerta, pois havia tentado ligar para os companheiros dos outros andares e não obteve resposta. Quando Eddie saiu do elevador, o segurança ordenou que parasse. Ele estava a apenas cinco metros de distância. Eddie compreendeu que o guarda queria que ele parasse (ele não falava francês). Eddie parou por um momento, mas então foi até o elevador e arrastou Linda para fora, segurando-a em frente ao seu corpo. Colocou a pistola na cabeça dela e disse: "Eu vou matá-la". Mas o segurança não falava inglês. Além disso, não queria dar sua vida para salvar uma mulher que claramente era americana. Ele apontou e disparou.

"A bala acertou Linda acima da cintura, no lado esquerdo, e passou direto por ela. Também acertou Eddie no mesmo local, só um pouco mais baixo. A bala perdeu velocidade por acertar Linda primeiro e acabou se alojando na cintura de Eddie. Os dois estavam seriamente feridos, mas não o bastante para morrerem, pelo menos não imediatamente. Eddie atirou de volta e acertou o olho direito do guarda. O cara caiu, morto. Eddie tinha a Torre Eiffel para si. Mas ele estava sangrando, os dois estavam, e era muito forte o sangramento.

"O topo da Torre Eiffel tinha uma área de visão interna e externa. Lá em cima, os ventos estão sempre soprando (até no verão é frio). A porta de dentro estava trancada, e Eddie não se deu ao trabalho de pegar a chave do segurança morto para abri-la. Ele nem mesmo se deu ao trabalho de amarrar Linda. Ela estava sangrando o bastante para não se mover, mas não para se calar. Não que Linda falasse muito. Durante todo esse tempo, desde o momento em que ele tinha acabado com o namorado dela, eles não conversaram muito."

– É – Anya disse em tom de queixa –, gostaria de alguma interação entre eles antes de a polícia acabar com a raça deles.

– Como você sabe que vai terminar assim? – indagou Spence.

– Você é previsível – respondeu Anya.

Spence esfregou as mãos, entrando no assunto.

– Eu vou lhe dar interação. Enquanto Eddie carregava os rifles, ele ria sobre como tinha acabado com o namorado de Linda, mas ela apenas riu de volta para ele!

"'O feitiço virou contra o feiticeiro', a mulher disse. 'Eu estava tentando me livrar daquele idiota há seis meses. Você apenas me fez um favor.'

"Bem, aquelas palavras pegaram Eddie de surpresa, mas ele percebeu o humor da situação e riu com ela. Linda se sentou na poça de sangue que aumentava e disse como o achava feio com metade da cara queimada."

– Um segundo – disse Anya –, pensei que ela estivesse com medo dele.

– E estava – Spence afirmou com calma. – Mas estava perdendo sangue e se sentindo meio tonta, quase bêbada. Além disso, percebeu que estava praticamente morta, então podia xingá-lo antes que ele a matasse.

Anya assentiu, satisfeita.

– Provavelmente eu faria a mesma coisa. Os insultos dela feriram os sentimentos de Eddie?

– Sim, mas ele tinha trabalho a fazer. Os rifles tinham luzes infravermelhas ou miras, e por isso ele conseguia ver tão bem quanto veria se fosse de dia. Primeiramente, ele observou o Rio Sena até a Avenida Champs-Élysées, aonde todos os turistas vão para fazer compras e admirar o Arco do Triunfo. Havia algumas pessoas passeando, embora já passasse das duas da manhã. Eddie mirou sua lente telescópica em um senhor de idade.

– Por que em um senhor? – disse Anya em tom de protesto.

– Você poderia ficar quieta? – pediu Spence. – Eddie pode matar quem ele quiser. Ele mirou no senhor e puxou o gatilho. O silenciador tomou conta da maior parte do barulho, e o vento abafou o resto. A quase um quilômetro de distância, o homem caiu no chão. Algumas pessoas correram para ver o que havia acontecido. Eles viram o sangue, a ferida causada pela bala e olharam ao redor com preocupação. Eddie sorriu... Ele se sentia bem, como se tivesse voltado para o Vietnã. Ah, esqueci de dizer, Eddie amava sua missão do exército até que queimaram seu rosto. Para ele, o Vietnã era como a Disneylândia.

"Atrás dele, Linda perguntou se ele tinha acertado em alguém. Eddie respondeu:

"'Sim, um caído, e cem para cair.'

"Linda o insultou. Ela era estranha, mas não uma assassina. Ficou feliz de ver o namorado morrer, mas isso não significava que queria ver um bando de inocentes terem o mesmo destino. Ela tentou diminuir o ritmo do massacre perguntando o que ele tinha feito desde a última vez que se falaram. Como se Eddie quisesse realmente recontar a história de sua vida para ela. Afinal, ela tinha fugido com outro cara e o colocara em uma estrada escura, a caminho da loucura.

"No entanto, Eddie acabou conversando com ela porque não tinha mais ninguém para conversar. Mas ele continuou a se mover ao redor do topo da torre, matando pessoas, uma por uma, em diferentes setores da cidade. Lá embaixo, viu a polícia e ambulâncias correrem em direção às vítimas. Eles não tinham como saber de onde vinham as balas; ou era o que ele pensava. Eddie contou para Linda que não conseguiu encontrar trabalho depois que voltou para casa, que teve de começar a ingerir remédios para diminuir a dor em seu rosto, nos quais terminou viciado, e que começou a roubar para sustentar seu vício. Surpreendentemente, Linda foi solidária com ele."

– Não mesmo! – interrompeu Anya.

– Eu não sou tão previsível, sou? – perguntou Spence, sorrindo.

– É fácil não ser previsível quando se é incoerente – Anya respondeu.

– Tudo isso se encaixa perfeitamente – continuou Spence. – Deixe-me terminar. Eddie já tinha matado umas trinta pessoas, ou pelo menos ferido gravemente essa quantidade de pessoas, quando Linda soltou sua bomba. Ela disse que, pouco antes de Eddie ir para a guerra, ela ficou grávida dele e que teve o bebê, uma menina. Eddie quase caiu da torre ao receber essa notícia. Ele queria saber onde estava a menina, qual era o nome dela, por que Linda não tinha contado sobre a filha quando ele voltou para casa. A mulher apenas riu dele e disse:

"'Olhe para você! Que tipo de pai teria sido?'

"Eddie, vocês hão de conceder isso a ele, conseguia entender o ponto de vista dela.

"Mas ele ainda queria saber sobre a filha. Eddie colocou os rifles no chão, sacou a arma e apontou para a têmpora de Linda. Era fácil para ela zombar de Eddie enquanto ele estava ocupado matando outras pessoas, mas ter um cano de aço em sua cabeça a assustou. Ele disse:

"'Me conta ou eu acabo com você agora.'

"Por isso Linda contou a ele sobre Janice. Ela tinha vinte anos de idade, obviamente, e estava morando em Paris. Na verdade, ela estava dormindo no quarto ao lado quando Eddie invadiu a casa. Essa foi uma das razões pelas quais Linda saiu com ele de forma tão silenciosa, pois assim Janice não acordaria e não seria morta.

"Eddie estava tendo uma noite dos infernos. No mesmo dia em que decidiu deixar o mundo saber o quanto ele o odiava, descobriu que tinha uma filha. Linda explicou que contou para Janice que o pai tinha morrido no Vietnã como um grande herói. Eddie continuou balançando a cabeça, sem acreditar. Finalmente, ele baixou a arma e disse que tinha que ver a filha antes que viessem para prendê-lo. Linda disse:

"'Não até que você jogue longe todas as suas armas.'

"Eddie não queria fazer isso. Ele planejou fazer um grande e tumultuado tiroteio com a polícia antes de deixar o planeta. Além disso, sabia que não precisava de Linda para encontrar Janice, considerando que ele já estivera na casa. Mas Linda riu quando ele sugeriu isso.

"'Janice vai para o trabalho muito cedo', ela disse. "'Ela já terá saído quando você chegar lá. Só eu tenho como guiar você.'

"Eddie considerou o que Linda estava dizendo. Concluiu que não ficaria livre por tempo suficiente para esperar que Janice voltasse do trabalho para casa. De repente, ver a filha o interessava mais do que matar. Ele pegou os dois rifles e a pistola e os jogou para o lado.

"'Vamos vê-la', disse para Linda.

"Durante todo esse tempo, os dois tinham sangrado muito e estavam fracos. Além disso, a polícia francesa não era tão estúpida quanto Eddie achou que fosse. Eles concluíram que o assassino que estava aterrorizando Paris devia estar no topo da Torre Eiffel. Justamente quando Eddie e Linda se preparavam para sair, três helicópteros da polícia cruzaram o céu em frente à torre. No mesmo instante, nosso casal feliz avistou duas dúzias de homens uniformizados subindo as escadas da torre. O elevador não era o único caminho até o topo. Vendo tudo isso, Eddie socou o corrimão com as mãos. Ele já esperava ser pego, mas pretendia levar muitos policiais com ele. Agora não tinha mais armas com que atirar neles.

"Mas havia outra arma no topo da torre, a mesma que tinha ferido os dois: a arma do segurança morto. Linda não tinha se esquecido dela. Ela foi pegá-la enquanto Eddie socava o corrimão, e agora era a sua vez de colocar um cano de aço na cabeça dele e dizer:

"'Faça o que eu disser, ou eu acabo com você.'

"Linda podia ver os helicópteros se aproximando. A polícia gritava ordens para eles, e ela acenou para os homens. Mas, é claro, as ordens eram em francês, e Linda não conseguia entendê-los, porque seu francês não era muito bom. Eddie começou a se afastar dela, enquanto Linda acenava para os policiais. Poderosos raios de luz varreram o topo da torre e mostraram Linda brandindo uma arma e Eddie ensanguentado fugindo dela, assustado. O que eles podiam pensar? Eles abriram fogo contra Linda e literalmente explodiram a cabeça dela."

– Não! – Anya gritou. – Não me diga que Eddie fugiu!

– Ele foi preso, claro, e detido para interrogatório. Mas, como não era ele que estava segurando a arma quando os policiais apareceram, concluíram que Linda era a atiradora. O fato de que Eddie estava ferido fundamentou a teoria. Além disso, o colombiano com quem Linda estava saindo era um camarada perverso. Pensaram que os dois eram uma gangue. Soltaram o Eddie. Ele voltou para os Estados Unidos com a filha, Janice, que o adorava, porque supostamente ele era um grande herói de guerra.

– E eles viveram felizes para sempre? – Anya resmungou.

Spence encolheu os ombros.

– Ninguém vive assim na vida real.

– Como se a sua história fosse verdadeira na vida real – Anya disse com rudeza. Mas então ela sorriu. – Eu gostei. Gostei do Eddie. Ele realmente era doente, como algumas pessoas que eu conheço deste lugar.

– Eu acho que a imagem de um cara em cima da Torre Eiffel matando pessoas, sem ninguém saber que ele estava lá... foi assustadora – foi a opinião de Ilonka.

No entanto, havia muitas coisas sobre a história que ela pensou serem forçadas, como a súbita introdução da filha. Ela suspeitava que Spence a tinha criado enquanto avançava. Mas Ilonka não comentou sobre isso porque nunca criticava as histórias dos outros, pois não queria que criticassem as histórias dela. Além disso, a beleza das histórias de Spence estava em sua espontaneidade. Ele sempre saía um pouco do controle.

– Eu achei que foi meio violenta – opinou Sandra.

– O que você quer dizer com *meio*? – Spence perguntou, sem estar ofendido. – Foi *extremamente* violenta. Eu gosto de violência. Toda a natureza é violenta. Os animais matam uns aos outros o tempo todo.

– Nós não somos animais – asseverou Sandra.

– Eu sou – Spence assegurou.

– Eu gostei muito – opinou Kevin –, autêntica narrativa sem sentido. Esse estilo tem seu lugar. Quem é o próximo?

– Por que você não conta agora, Anya? – sugeriu Ilonka.

– Eu acho que é a vez da Sandra – Anya disse.

Sandra enrubesceu.

– Eu estou no modo ouvinte esta noite.

– Ah, comece a falar e algo vai sair – afirmou Spence. – Fale sobre um ataque terrorista. Fale sobre o retorno da peste negra.

– Se Sandra não tem nenhuma história, está tudo bem – afirmou Kevin. – Anya, você pode ser a próxima. Eu quero ir por último, e sei que Ilonka quer ir antes de mim, e ela é uma apresentação difícil de suceder.

Anya assentiu, um pouco mais relaxada. Os remédios estavam entrando em sua corrente sanguínea. Ela tomou um gole de água e começou.

– Esta história é intitulada "O diabo e Dana". Dana vivia em uma pequena cidade em Washington chamada Vila do Desperdício, onde todos desperdiçavam a vida trabalhando e indo à escola. Dana era loira e deliciosa, mas ela teve uma criação severa e sentia que quase tudo o que uma garota podia fazer para se divertir era pecaminoso. Tanto sua mãe quanto seu pai eram tão direitistas que pareciam um pássaro de uma só asa, que estava sempre se movendo em círculos. Mas Dana tinha uma mente perversa, que a atormentava constantemente. Ela queria sair com garotos, queria sexo, drogas e *rock'n'roll*. A moça pedia a Deus que a libertasse desses maus desejos, e ao mesmo tempo rezava para que esses desejos se cumprissem. O que Deus tinha a ver com esse tipo de oração? Em vez disso, o diabo veio até ela.

"Ele entrou justamente quando ela estava ajoelhada ao pé da cama, antes de se retirar à noite. Vocês conhecem o diabo, ele pode ser um cara muito gato quando quer, e nessa noite ele estava disfarçado no corpo de James Dean, com um *jeans* azul apertado, uma jaqueta preta de couro e botas. O cabelo dele estava penteado com gel, e ele fumava um cigarro. Dana apenas olhou para ele e pestanejou. Ela nunca havia tido uma visão antes.

"'Não se preocupe', o diabo disse a ela. 'Eu não mordo. Posso me sentar? Quero conversar', disse ele, apontando para a cama.

"Dana assentiu e se sentou na cama ao lado dele. A moça, é claro, queria saber quem era aquele rapaz, e ele contou.

"'Eu sou o diabo', disse. 'Mas não se preocupe, não sou tão ruim quanto as pessoas dizem.'

"Dana não sabia se ele estava falando a sério ou não, mas não discutiu, principalmente porque o achou muito lindo. Dana nasceu muito tempo depois da morte de James Dean e não percebeu que falava com uma espécie de clone. Então ela apenas disse:

"'O que o traz aqui?'

"Bem, o diabo deu uma tragada no cigarro e disse que tinha vindo para fazer uma oferta a ela.

"'Você quer ser um menina bonita', ele disse. 'E quer ser a oradora da turma. Você é como duas pessoas em um corpo, e isso não está funcionando. Eu posso ajudar você com esse problema. Eu posso fazer outra Dana, um clone perfeito. Você pode ser os dois corpos ao mesmo tempo. Você pode experimentar tudo o que o seu clone está experimentando, seja sexo, drogas ou *rock'n'roll*. Pode fazer isso até mesmo enquanto está na igreja orando.'

"'Como você pode fazer outra de mim?', Dana perguntou.

"'Eu sou o diabo', ele disse. 'Posso fazer tudo o que eu quiser.'

"'É você mesmo?', Dana inquiriu.

"Nesse momento, ela começou a realmente notá-lo. Percebeu que não importava o quanto tragava o cigarro, ele não diminuía.

"'Minha conversa não vai convencê-la', o diabo disse. 'Mas, se você concordar com minha barganha, e se eu fizer outra Dana, você vai ter que ser uma fiel. O que me diz?'

"Agora Dana começou a ficar desconfiada, porque, se ele era o diabo, por que a ajudaria?

"'O que você quer em troca?', perguntou Dana.

"O diabo sorriu, algo que sempre tinha um efeito maravilhoso nas mulheres.

"'Nada.'

"'Nada? Você não quer minha alma?'

"O diabo abanou a mão.

"'Não. Eu não preciso ganhar almas. Isso é baboseira que os padres e os presbíteros enfiam na cabeça de vocês. Muitas almas vêm a mim sem que eu faça nadinha. Não, eu realmente estou aqui para lhe fazer uma proposta sem amarras. A única coisa que eu peço é que, se você entrar nesse acordo, terá que permanecer nele pelo menos por um ano.'

"Dana ficou interessada.

"'Posso estender o acordo e ter uma clone em outro ano se eu quiser?'

"'Sim. Ao final de um ano, se você estiver satisfeita, pode ter uma terceira Dana.'

"Essa oferta pareceu boa para Dana. Pensou que poderia ir para o sul, para Las Vegas, divertir-se o quanto quisesse, enquanto seu clone ficava perambulando na Vila do Desperdício, fazendo todas as coisas que os pais queriam que ela fizesse. Mas havia uma coisa que a incomodava.

"'Eu não vou ficar meio confusa estando em dois corpos ao mesmo tempo?', ela questionou.

"'Você tem duas mentes no seu corpo neste exato momento. Vai se acostumar com isso'. Ele ofereceu a mão livre, que não tinha uma única linha. 'Fechamos um acordo, Dana?'

"'Você não precisa de uma gota do meu sangue ou algo do tipo?'

"'Não. Eu tenho todo o sangue de que preciso. Um simples aperto de mão será suficiente.'

"Dana apertou a mão dele. O diabo sorriu e jogou o cigarro no chão, o que a incomodou, porque o chão estava limpo. Então ele parou e soprou uma última lufada de fumaça, e eis que a fumaça se tornou sólida e se moldou em uma réplica exata de Dana. Naquele momento, Dana sentiu como se estivesse em dois lugares ao mesmo tempo, o que era verdade. A sensação era desorientadora, mas ótima. O clone a encarou, e Dana encarou a cópia, porque estava em dois corpos ao mesmo tempo. O diabo parou entre as duas e se virou de uma para a outra.

"'Agora, lembre-se do que eu disse... Você precisa ser duas pessoas por pelo menos um ano.'

"'Por que você faz disso uma condição?', as duas Danas perguntaram em uníssono.

"Como resposta, o diabo sorriu com astúcia e desapareceu.

"Agora vocês podem pensar que as duas Danas teriam muitas coisas sobre o que conversar. Mas a verdade é que não tinham uma única palavra a dizer, porque seria como falar consigo mesma. No entanto, elas tiveram uma discussão imediatamente. O clone (que vamos chamar de Dana Dois) começou a sair da casa. Ela teve a mesma ideia que Dana havia tido, ir para Las Vegas, para alguma festa da pesada. A Dana original queria que o clone ficasse, queria ser ela a escolhida para ir até Las Vegas. As duas discutiram sobre isso por alguns minutos, mas então perceberam que era uma briga que nenhuma das duas podia vencer. Além disso, não importava, porque, embora houvesse duas delas, as duas conseguiam sentir exatamente o que a outra sentia. Então, a Dana original deixou a Dana Dois ir. A moça ficou preocupada que os pais percebessem alguma coisa estranha sobre a criação do diabo, mas a verdade era que nem mesmo ela tinha notado alguma diferença.

"No dia seguinte, Dana acordou cedo, ao mesmo tempo que a Dana Dois. Isso foi o que ela (ou elas) percebeu na hora. As duas Danas tinham de acordar ao mesmo tempo e ir se deitar ao mesmo tempo, porque senão uma manteria a outra acordada.

"Era um aborrecimento, mas Dana percebeu que valia a pena, com toda a diversão de que ela iria desfrutar, indiretamente, pelo corpo da clone. No momento em que a Dana Dois acordou, ela estava em um ônibus a caminho de Las Vegas. Dana deu ao clone todo o dinheiro que tinha; ou melhor, o clone o havia tomado. Dava no mesmo.

"Dana foi para a escola e teve um dia terrível, porque o ônibus no qual o clone viajava era desconfortável, e a viagem de Washington para Las Vegas era longa. Dana passou o dia inteiro desejando que pudesse bloquear o que o clone estava vivenciando. Mas percebeu que as coisas iam ficar animadas quando o clone se estabelecesse. Dana foi para a cama cedo naquela noite, porque o clone estava exausto.

"O dia seguinte foi melhor. Dana Dois estava finalmente em Las Vegas e na praia, tomando banho de sol e vestindo um biquíni minúsculo. Sentada na aula, a Dana original conseguia sentir o calor do sol nas pernas e a areia granulada sob o traseiro. Não sei se mencionei antes: Dana tinha dezoito anos de idade e era o sonho de qualquer garoto de colegial. Ela era loira, tinha olhos azuis e seios que poderiam se passar por implantes se não balançassem tanto. Não demorou muito para que Dana captasse a atenção de um salva-vidas. Eles começaram a conversar, e foi assim que Dana Dois teve seu primeiro encontro. A Dana original nunca tinha saído com garotos, pois os pais não permitiam.

"Os pais estavam sentados assistindo à TV ao lado de Dana, um documentário da Disney sobre animais peludos tentando sobreviver a um inverno cruel, quando o salva-vidas levou Dana Dois para casa, para tomar um drinque. O salva-vidas e Dana Dois jantaram e tomaram vinho. Vocês podem imaginar como foi difícil para a Dana original manter a compostura enquanto estava sentada com os pais. Especialmente quando o salva-vidas começou a beijar o clone de Dana de forma longa e profunda e a tocar seus seios. Dana perguntou para o pai se ela podia se retirar, mas o pai disse que não. Ele gostava que a família fizesse coisas reunidos.

"Então, Dana perdeu a virgindade na mesma sala onde estavam o pai e a mãe, por assim dizer. Gostaria de poder dizer que ela conseguiu segurar as lágrimas quando teve um orgasmo pela primeira vez, mas estaria mentindo. Dana teve um orgasmo realmente tremendo, assim como o clone, e a mãe de Dana ficou tão abalada por ver a querida filha em tal estado que insistiu com o pai para que corressem com Dana para a emergência. Dana sorriu durante todo o caminho para o hospital, e os médicos não conseguiram encontrar nada de diferente nela, exceto uma pressão arterial levemente elevada.

"O tempo passou, e a vida era interessante para Dana, porque a Dana Dois estava realmente indo com tudo! Ela não continuou com o salva-vidas por muito tempo. O cara tinha um fetiche: nunca usava camisa; e, quando eles iam a qualquer lugar legal, as pessoas sempre reparavam. Logo em seguida, ela se juntou a um produtor de filmes, que a deixou ficar na casa dele. Esse homem, chamado Chuck, alcançara sucesso em alguns filmes de baixo orçamento, mas ele não chegava a ser um grande produtor. Ainda estava lutando. O produtor contou para Dana Dois que viu potencial nela para as telas, e ela acreditou nele. Os dois acreditaram. Em seguida, Chuck apresentou para Dana Dois o adoçante de baixa caloria favorito de Hollywood: a cocaína. A jovem tinha um nariz para a coisa (se não os neurônios), desde a primeira cheirada. Ela amou a droga. Ficava totalmente chapada no meio do dia enquanto a Dana original estava sentada na aula, com os olhos vidrados, rabiscando em seus livros didáticos. Dana começou a ir mal na escola, mas ela não se importava, pois logo seria uma estrela de cinema. Ela amava o Chuck também, ou tipo isso... ele era um cara engraçado. O sexo com ele, especialmente quando estava chapada, era como morrer e ir para o céu. Em segredo, Dana algumas vezes se perguntava por que o diabo simplesmente não mudava o nome dele para Deus e fazia do mundo todo um lugar feliz. Não sentia nada além de gratidão por ele.

"Mas esse sentimento não durou, porque a situação de Dana, das duas Danas, mudou bem rápido. Dana Dois voltou para casa um dia e encontrou

Chuck na cama com outro cara. Ele pediu que ela se juntasse a eles, mas Dana Dois tinha sido criada de forma severa e havia um limite até onde uma garota podia ir ao abandonar suas raízes. Ela saiu da casa de Chuck e não voltou mais.

"Agora Dana Dois tinha um problema, e isso significava que a Dana original tinha um problema. Dana Dois não tinha mais dinheiro para manter o vício em cocaína, que custava quinhentos dólares por dia. Ela começou a sofrer com a crise de abstinência, e Dana, também, o que tornou impossível ir à escola, quanto mais tirar boas notas. O pai de Dana não ficou feliz com o comportamento da filha e bateu nela repetidas vezes, ao mesmo tempo em que Dana Dois vagava pelas ruas de Las Vegas procurando um lugar para dormir, comida para comer, droga para cheirar. Era uma vida miserável para as duas garotas.

"Alguns meses se passaram. Eu poderia dar mais detalhes de como as coisas foram piorando para as duas, mas não acho que seja necessário. É suficiente dizer que Dana foi expulsa do colégio e ficou de castigo permanentemente, e Dana Dois acabou desabrigada e abusada. Então, finalmente, Dana chegou ao limite. Ela queria desfazer o acordo. Rezou para que o diabo se livrasse de seu clone, mas ele não respondeu à sua oração. O clone sabia da oração e devia ter dito ao diabo que se mantivesse longe. Agora isso pode parecer uma contradição – que elas pudessem querer coisas diferentes. Mas não era, pois, como afirmou o diabo, elas eram como duas mentes em um corpo. E, nesse aspecto, Dana não era diferente de outros adolescentes. Ela não queria *isso* por causa *daquilo*. *Isso* era bom, e *aquilo*, ruim. Mas *isso* sempre espreitava sua mente, porque todo mundo sempre quer o que é proibido.

"Dana não rezava nem ao diabo nem a Deus agora (estava indignada com Deus). Pensava em como Ele era idiota, porque, quando criou Adão e Eva no jardim do Éden, disse a eles que podiam comer tudo o que quisessem, exceto o fruto do conhecimento. Dana pensou que psicólogo tolo Deus devia ser, porque, obviamente, eles iam querer o que lhes fora proibido. Ou talvez Deus sabia o que estava fazendo e estava apenas brincando com eles. De qualquer maneira, Deus tinha criado o diabo, e Dana sentiu que estava sendo manipulada. Ela decidiu cuidar do problema por conta própria, porque não poderia ficar dividida em duas por um ano. Decidiu matar o clone.

"No instante em que tomou a decisão, o clone soube, é claro. Vocês podem supor que a Dana Dois ia simplesmente fugir, mas isso não ia funcionar, porque Dana sempre saberia aonde a Dana Dois estava indo. No momento em que Dana decidiu que o clone deveria morrer, a Dana Dois decidiu que a Dana original deveria morrer. Elas culpavam uma à outra pelos seus problemas, embora no fundo de suas mentes soubessem que estavam trazendo a culpa para si mesmas. Mas de que lhe servem pensamentos íntimos quando você se sente infeliz, hum? Elas queriam sair disso, uma delas tinha de sumir.

"O pai de Dana tinha uma espingarda para caça. Ela roubou a arma e o carro dele e dirigiu para o sul, em direção a Las Vegas. Dana Dois podia vê-la vindo e decidiu esperar até que chegasse. Mas isso não significa que a Dana Dois esperou ociosamente. Ela conseguiu a própria arma, uma pistola, e tentou criar uma estratégia. Mas, o que quer que pensasse, via a Dana original rindo dela. Disseram uma para a outra, por telepatia: 'Que se dane, vamos ver o que acontece quando nos encontrarmos.'

"E elas se encontraram em um beco pobre, em uma das piores partes de Las Vegas, tarde da noite, à meia-noite, para ser precisa. Dana apareceu com a espingarda apontada para Dana Dois, que tinha sua pistola mirada para a cabeça de Dana. As duas chegaram mais e mais próximas uma da outra, até o momento em que parecia que uma delas iria atirar. Mas, se uma delas estava hesitante, a outra também estava. Elas ficaram a dez passos de distância uma da outra, e ainda assim nenhum tiro foi disparado.

"'Bem', Dana Dois disse em tom de zombaria. 'Qual é o problema? Está com medo?'

"'Eu estou, e você, também', Dana respondeu.

"Dana Dois assentiu.

"'Isso é verdade. Mas foi sua a ideia de vir até aqui para me matar.'

"'Se foi minha ideia, foi você quem me sugeriu.'

"'*Touché*! Pelo menos nós reconhecemos que estamos culpando uma à outra pelos nossos problemas mútuos. Isso é um começo. Como vamos chegar ao fim?'

"'Uma de nós precisa partir', Dana afirmou. 'Você sabe disso tanto quanto eu. E, como estava aqui primeiro, eu que devo ficar.'

"'Como você sabe que você era a que estava aqui primeiro? Como sabe se estava de pé ou sentada quando o diabo criou você ou a mim? Ele é um diabo astuto, você sabe. Além disso, o que importa? Eu sou igual a você. Mereço viver tanto quanto você.'

"'Você merece morrer tanto quanto eu também', Dana disse com o dedo no gatilho da espingarda.

"Elas continuaram com as armas apontadas uma para a outra. As duas Danas estavam suando. Ambas eram iguais em tudo, exceto que o que viam não era *exatamente* a mesma coisa, embora estivessem uma olhando para a outra. Suas perspectivas eram apenas um pouquinho diferentes, onde estavam paradas, o que estavam vestindo. Esse fato agregou certo tempero para o drama.

"'Já te ocorreu', perguntou a Dana Dois 'que, se você me matar, pode estar matando a parte boa de quem você é? Que talvez o diabo tenha nos dividido superficialmente e que, se eu for embora, toda a diversão vai sumir de sua vida?'

"'Já lhe ocorreu que, se você me matar, pode estar matando tudo de bom na sua vida?', questionou a Dana original.

"'Não', respondeu a Dana Dois. 'E não lhe ocorreu também, porque você não sente nada de bom vivendo em casa com aqueles dois doidos.'

"'Isso é verdade', admitiu Dana. Ela pensou por um momento. 'Então, o que vamos fazer? Não vamos conseguir passar um ano inteiro do jeito que as coisas estão indo.'

"'Eu concordo.'

"'Uma de nós duas vai ter que deixar a outra atirar', Dana sugeriu.

"'Concordo. Eu atiro em você.'

"'O que acha de eu atirar em você?', Dana perguntou.

"'E se nós duas atirarmos ao mesmo tempo?', Dana Dois disse.

"'Nesse caso, nós duas vamos morrer.'

"'Mas vamos morrer de qualquer maneira, porque, no momento em que você atirar, eu vou atirar. E vice-versa.'

"'Talvez fosse essa a vontade do diabo', sugeriu Dana. 'Quem sabe ele previu tudo isso. Se nós duas morrermos, ele vai vencer, e provavelmente vamos acabar no inferno as duas juntas.'

"'É uma boa observação', respondeu Dana Dois. 'Mas nós não vamos saber até que tentemos.'

"'Eu tenho uma espingarda', Dana asseverou. "'Você tem apenas uma pistola. Vai precisar de um tiro de sorte para me matar.'

"'Minha pistola é uma ponto quarenta e cinco', declarou Dana Dois. 'Não preciso ter tanta sorte assim'. Fez uma pausa e acrescentou: 'Qual é, nós duas vamos atirar e sabemos disso. Vamos acabar logo com isso. Atiramos no 'três'. Mas sem trapaças, pois é o mínimo que podemos fazer uma pela outra. Concorda?'

"'Sim', respondeu a Dana original. 'Um.'

"'Dois', contou a Dana Dois."

Anya parou de falar e tomou um gole de água. Um gole bem grande.

– E então? – disse Spence finalmente. – Não diga que não sabe o que acontece depois.

– Eu sei – Anya disse de forma relutante, com o rosto estranhamente sério.

– Conte para a gente, pelo amor de Deus – Ilonka exclamou, completamente fascinada.

Anya se permitiu soltar um leve sorriso.

– Como essa história se trata de acordos com o diabo, Ilonka, acho que sua escolha de palavras é irônica. Mas deixe-me contar o que aconteceu. As duas atiraram no "dois". Ambas tentaram surpreender a outra. Uma delas foi morta, a outra ficou seriamente ferida, aleijada para o resto da vida. É uma história triste, vocês sabem. Para o resto de seus dias, uma das Danas ficou condenada a uma cadeira de rodas. Então, ao final desses dias, o diabo veio novamente, ainda com a aparência de James Dean. Entretanto, trazia um novo cigarro e perguntou para Dana se ela gostaria de fazer outro acordo com ele. Em um primeiro momento, ela disse que não, por causa do que tinha acontecido da primeira vez, mas o diabo insistiu. Ele disse:

"'Se fizer um acordo comigo, você nunca vai passar pela experiência do inferno.'

"Isso atraiu a atenção dela. Dana perguntou o que tinha de fazer.

"'Cometer suicídio', o diabo respondeu. O diabo apontou para o corpo arruinado de Dana. 'Apenas se mate' e este inferno vai terminar para você. Já tinha de ter cometido suicídio muito tempo atrás.'

"'Mas e a minha alma?', questionou ela.

"O diabo balançou a cabeça.

"'Apenas Deus sabe sobre isso.'

"'É verdade?', Dana indagou.

"'Eu já menti para você antes?', o diabo perguntou.

"Ela pensou por um momento.

"'Eu acho que não. Mas você está dizendo que não sabe.'

"'Eu não sei', concordou o diabo. 'Para dizer uma verdade ainda maior, eu nem mesmo sei se há um Deus. É um daqueles mistérios que são difíceis de entender', ele parou. 'Qual das duas é você, afinal, Dana Dois ou a original?'

"Dana balançou a cabeça.

"'Eu não consigo mais me lembrar.'

"O diabo assentiu.

"'Boa sorte para você, Dana.'

"Então ele desapareceu."

Anya parou e bebeu mais água. Ela os fez esperar. Finalmente, olhou ao redor, aparentemente aproveitando seu breve momento de poder sobre os amigos, e riu.

– É isso, colegas, a história termina aqui.

Spence protestou.

– Você não pode fazer isso conosco.

– Honestamente, eu não sei o que acontece depois.

– Invente alguma coisa – Spence disse.

Anya continuou olhando por um longo tempo, voltando ao ar mais sisudo.

– Eu não saio só inventando coisas, Spence. Você sabe disso.

Spence ficou quieto.

– Bem – ele disse. – Teve um começo infernal.

– Foi certeiro durante todo o tempo – Kevin disse com entusiasmo.

– Eu gostei – afirmou Sandra.

– Se fosse um livro, eu compraria duas cópias – declarou Ilonka.

– Ei, por que você não sugeriu comprar a minha história? – indagou Spence.

– A sua é mais do tipo que a gente pega numa biblioteca – disse Ilonka.

– Ou então pede emprestada a um amigo – disse Kevin, juntando-se à gozação.

– Se vocês estavam muito entediados... – acrescentou Anya. Ela fez uma pausa e de repente corou, e logo falou com suavidade: – Obrigada por me ouvirem e não me interromperem. Eu realmente queria que todos vocês escutassem essa história. Parecia ter nela um monte de coisas que eu... não sei.

– O quê? – perguntou Ilonka.

– Não é nada – Anya disse, mexendo-se na cadeira de rodas, provavelmente o mesmo tipo de cadeira na qual Dana terminou no final. – Sua vez, Ilonka. Qual é o título da história?

Ilonka não tinha pensado nisso.

– Não tem um título.

– Invente um – Spence disse.

– Eu não consigo.

– Por que não? – questionou Spence.

Ilonka hesitou.

– É uma história de uma das minhas vidas passadas.

A sala ficou quieta e mortalmente silenciosa. Spence estava sorrindo, assim como Anya. Sandra parecia confusa. Apenas Kevin a observava de perto, analisando-a.

– Você se lembra das suas vidas passadas? – Kevin perguntou.

Ilonka teve de respirar fundo. Percebeu que estava tremendo, provavelmente por vergonha. Ela não quis dizer que a história era sobre o seu passado. Apenas escapou de sua boca.

– Eu não sei – respondeu ela. – Acho que sim.

– Algum de nós estava nessa vida passada? – indagou Kevin.

Ilonka olhou fixamente para os olhos castanhos dele, tão cálidos e acolhedores quanto o fogo em uma pradaria de inverno, e ela acreditou, sem a menor sombra de dúvida, que vira aqueles mesmos olhos castanhos duas semanas antes. Mas era estranho que naquele momento tivesse de mentir para ele.

– Não – Ilonka disse. – Apenas eu estava lá.

Kevin continuou a observá-la, com as maçãs do rosto altas e a pele tão macia e pálida quanto a de um vampiro.

– Interessante – ele exclamou. – Conte-nos sua história.

– Foi no Egito, há vinte mil seiscentos e cinquenta anos atrás – começou Ilonka. – Eu sei que isso foi cerca de treze mil anos antes do que pensamos que o Antigo Egito existiu, mas foi assim que a história surgiu para mim. Naquela época, havia pirâmides perto do Nilo. Mas o Nilo não estava onde está agora, estava a uns dez quilômetros para o leste. Enfim, esses detalhes não são importantes, e não tem problema se vocês não acreditarem neles.

"Meu nome era Delius. Quando a história começa, eu tinha cerca de vinte e sete anos de idade. Era alta e magra, bem austera. Eu não era casada, mas havia um homem na minha vida, um grande homem. Ele era meu mestre, e não me lembro do nome dele. Eu acho que é porque sempre o chamava de "Mestre". Ele era como Jesus, ou Buda, ou Krishna; estava cheio do divino. Perto dele, os sentimentos de amor, de poder e, acima de tudo, de *presença* eram profundos. Ele possuía diversos dons sobrenaturais. Podia curar, saber o que qualquer pessoa estava pensando e estar em mais de um lugar ao mesmo tempo. Mas não eram esses talentos que o tornavam grande. O seu poder de mudar o coração de uma mulher ou de um homem era o verdadeiro milagre. Ao ficarem próximas a ele, as pessoas se tornavam como ele. Elas se tornavam divinas. Era por isso que ele estava na Terra: para trazer pessoas de volta para Deus. Eu o amava muito e sempre sentia que faria tudo por ele.

"Eu tinha uma amiga naquela época, uma amiga muito especial chamada Shradha, que tinha uma filha de treze anos de idade, de quem eu era próxima. Era a Mage, a querida Mage. Shradha e eu éramos tão próximas que eu sentia que a filha dela era minha. Mas, ainda que Shradha me amasse, ela tinha ciúmes da minha relação com a filha dela. Mage ouvia qualquer coisa que eu dizia e me via como se eu fosse uma professora. Mas, com a própria mãe, Mage sempre agia com teimosia. Vocês sabem quão irritantes nossas mães pode ser, e outrora não era diferente.

"Uma vez, eu convidei Mage para passar uns dias na minha casa. Ela ficou encantada, mas Shradha tinha suas dúvidas. Não queria a filha longe de casa, pois eram tempos perigosos. Houve uma seca por muitos anos, e a comida era escassa. As pessoas agem como loucas quando estão com fome e fazem coisas que nunca fariam normalmente. Shradha e eu brigamos por causa da ideia de Mage vir à minha casa, e a menina viu e escutou tudo. Quando eu fui embora, ainda acreditando que Mage me visitaria, a garota disse para a mãe que iria para a casa de uma amiga. Shradha tentou impedi-la, mas a menina fugiu e foi embora.

"Mais tarde (foi naquele mesmo dia, acredito), voltei para buscar Mage, mas não encontrei ninguém em casa. Decidi arrumar as coisas da menina e levá-las para minha casa, para que ela não tivesse de se incomodar em levá-las. Anos antes, eu tinha feito uma bolsa de linho grosso para Mage. Do lado de fora eu tinha costurado o nome dela. Se fechar meus olhos, consigo ver os símbolos agora, como hieróglifos, só que mais simples. Coloquei na bolsa tudo o que achei que Mage precisaria e voltei para minha casa, que ficava a seis quilômetros de distância.

"Mas o que eu não sabia era que Mage estava morta. Enquanto caminhava para a casa da amiga, a jovem Mage foi atacada por dois homens famintos. Isso vai ser difícil de ouvir (é triste para mim até mesmo pensar sobre isso), mas os homens mataram Mage para comê-la. Nos últimos anos da seca, o canibalismo era comum. Os restos de Mage foram encontrados por um camponês que morava no local, e sua identificação foi possível por causa de um lenço que ela estava usando. Mas não havia muito para sepultar, certamente não sobrou o bastante para preparar o corpo da maneira como os egípcios daquela época gostavam de preparar os corpos de seus entes queridos. Enquanto eu estava na casa de Shradha, ela foi guiada por um camponês, que trabalhara para a família, até os restos ensanguentados de sua filha.

"Shradha voltou para casa totalmente arrasada. Mas algo que ela viu ali animou seu espírito. Os objetos pessoais de Mage já não estavam ali. Shradha acreditou que o espírito da filha tinha vindo para buscar os objetos antes de ir para o próximo mundo. Sabe, eles acreditavam que os espíritos usavam essas coisas, mesmo quando mortos. Por isso que os objetos pessoais eram queimados com o falecido. Isso era parte da religião daquele tempo, mas não era um dos ensinamentos do Mestre. Poucas pessoas seguiam o Mestre naqueles dias, porque ele tinha previsto que a seca não duraria, mas ela persistira por sete anos. O Mestre fez uma previsão falsa de propósito, para que assim apenas os seus seguidores devotos permanecessem com ele. Pela eternidade, o Mestre apareceria primeiro como um deus, e depois como falível. Mas seria sempre o mesmo ser eterno por dentro.

"O único conforto de Shradha nos primeiros dias após a morte da filha era que a menina tinha ido buscar seus pertences. Depois de um tempo, ela teve a oportunidade de ver o Mestre e contou a ele o tinha acontecido com a filha. E o Mestre disse:

"'Sim, eu sei. Estava com a menina quando ela morreu. Você não precisa se preocupar. Ela está bem... eu a levei para a luz.'

Com essas palavras, Shradha se sentiu feliz e disse:

"'Sim. Eu sei que o espírito dela continua vivo. Ela veio para casa buscar suas coisas antes de partir.'

Mas o Mestre contou para ela a verdade.

"'Não', ele disse. 'Foi Delius quem pegou as coisas de Mage.' Quando o Mestre viu o choque de Shradha, acrescentou: 'Mas ela não fez isso para enganar você. Quando foi buscar as coisas, ela não sabia que Mage estava morta.'

"O que aconteceu depois foi tão triste quanto a morte de Mage. Pois, embora o Mestre tenha assegurado a Shradha que eu não tive a intenção de magoá-la, Shradha não pôde deixar de se sentir devastada com a notícia. Em meio à sua dor, a única coisa que ela tinha para se agarrar, que lhe deu esperança de que a filha ainda estava viva em algum lugar, foi a falta dos objetos pessoais. E então descobriu que tinha sido apenas uma tolice da minha parte. Além disso, no fundo do coração, Shradha sentia que, se eu não tivesse insistido que Mage fosse à minha casa, elas não teriam brigado, e a menina não teria fugido da casa.

"Eu entendi todas essas coisas quando me contaram o que tinha acontecido. Tentei assegurar a Shradha que não tive a intenção de causar mal, mas nossa amizade nunca mais foi a mesma, o que era uma grande perda, porque poderíamos ter confortado uma à outra. Antes da morte de Mage, apesar de brigarmos às vezes, éramos tão próximas quanto duas pessoas podem ser. Mas, quando Mage morreu, a luz da vida de Shradha se foi, e não se podia discutir com ela.

"Esta história tem um final doce e amargo. Eu não continuei viva por muito tempo depois que isso aconteceu. Morri de insuficiência cardíaca, quando tinha apenas trinta e nove anos. Eu sabia que o fim estava próximo, porque o Mestre tinha me contado quanto tempo eu iria viver. Uma semana antes de morrer, me encontrei com Shradha e disse novamente para ela que não quis lhe fazer mal quando peguei as coisas de Mage. E Shradha pôde ver a sinceridade nos meus olhos, me abraçou e me prometeu que, quando nos encontrássemos de novo, nunca permitiríamos que um mal-entendido se colocasse entre nós."

Ilonka parou de falar de repente e abaixou a cabeça. Seus olhos estavam úmidos, e ela não queria que os outros vissem. Em especial, não queria olhar para Kevin (para Shradha) naquele momento. Se virasse a cabeça na direção de Kevin, Shradha estaria ali. Mas foi Kevin quem estendeu a mão e tocou no braço dela.

– Você está bem? – ele perguntou.

Ilonka fungou e levantou a cabeça, forçando um sorriso.

– Eu não sei... me sinto idiota. É só uma história, sabe? Não quer dizer nada.

– Foi uma história linda – Kevin disse. – Você já encontrou Shradha nesta vida?

Ilonka suspirou, juntando as mãos.

– Se encontrei, ela ainda estava brava comigo.

– Eu não acredito em vidas passadas – Anya exclamou. – Mas amei a sua história.

Sandra estava fungando também.

– Foi tão doce – ela sussurrou.

– Eu acho que poderia ter mais descrição na cena do canibalismo – comentou Spence. – Mas, fora isso, foi legal. A propósito, o que esse Mestre ensinava?

Ilonka balançou a cabeça.

– Eu não consigo explicar agora. Tantas coisas, mas ainda assim só uma coisa. Ensinava a sermos o que éramos, que fôssemos Deus. Mas naqueles dias nós costumávamos dizer: "Eu pertenço a você". Foi daí que eu tirei a ideia. O Mestre sempre enfatizou que éramos todos um.

– Você sente que realmente o conheceu – Spence disse.

Ilonka balançou a cabeça lentamente.

– Pode ser tudo apenas imaginação, mas eu sinto que foi uma vida passada. Obrigada pelos elogios... Sério... Eu estava com medo de contar esta história. Eu só podia compartilhá-la com vocês.

Ilonka se virou para Kevin. A mão dele ainda estava no braço dela, de forma muito carinhosa. Enxugando o rosto, ela sorriu para ele.

– Então, eu sou mesmo difícil de bater ou o quê?

Kevin a soltou.

– Sempre – afirmou Kevin.

Ele tinha um copo de água também e tomou um gole antes de começar. Algumas vezes ele precisava parar no meio da história, porque a garganta falhava. Seu Kevin estava tão frágil, e isso não era imaginação dela.

– Minha história se chama "O espelho mágico". Começa no Louvre, em Paris. Para aqueles de vocês que não conhecem o museu, é provavelmente o mais famoso do mundo. *Mona Lisa* e *Vênus de Milo* estão lá, assim como outras grandes pinturas e esculturas. Vocês levariam muitos dias para ver tudo que há dentro do museu.

"Assim que a história começa, nós conhecemos uma jovem da idade de Ilonka chamada Teresa. Ela era de… eu não tenho certeza de onde. Não era da América, nem da Europa, mas também não era da França. Como mencionei a Ilonka, digamos que ela fosse polonesa. Teresa visitou Paris sozinha e, como a maioria dos visitantes, foi até o Louvre. Logo de cara, ela percebeu os artistas que trabalhavam no museu copiando as pinturas dos grandes mestres do passado. Em um dia comum no Louvre, havia ali vinte ou trinta artistas copiando. Alguns eram estudantes, muitos eram artistas muito talentosos. A maioria era muito boa. Mas um artista em particular chamou a atenção dela. Ele estava copiando a *Virgem das rochas*, de Da Vinci, que retrata Maria com os pequenos Cristo e João Batista, sob os cuidados de um anjo. Na pintura, eles estavam sentados à beira de uma gruta. Uma vista misteriosa, que dava a ilusão do amanhecer dos tempos, se estendia atrás da gruta. A pintura, apesar de não ser a mais famosa de Da Vinci, é uma das mais importantes da arte ocidental, e minha favorita. O anjo, em particular, tem um belíssimo esplendor: é como se Da Vinci tivesse captado a alma dele com suas tintas. É uma pintura que você pode ficar admirando durante horas e ver algo novo a cada minuto.

"Teresa ficou intrigada com a obra, e mais ainda com o artista que a estava copiando. Porque a pintura dele parecia ser, em todos os detalhes, tão boa quanto a de Da Vinci. Além disso, ele era um jovem rapaz que chamava a atenção, não muito mais velho que ela, e naquela época Teresa estava muito solitária. Como disse, ela foi para Paris sozinha e estava sozinha porque era órfã. Teresa então puxou conversa com o artista e descobriu que o nome dele era Hermes. Mas ela ficou em dúvida se Hermes era francês, porque o sotaque dele não era francês. Na verdade, Teresa não conseguia identificar de onde era o sotaque e resolveu perguntar qual era a nacionalidade dele, mas Hermes se esquivou da pergunta e não respondeu.

"Hermes tinha uma boa razão para não contar de onde era. Se contasse, a moça ia pensar que ele era louco. Hermes não era um humano, mas, sim, um anjo, sabe? Ele era um anjo em particular, que podemos chamar de "muso". Acho que foram os gregos antigos que inventaram o termo. Um muso inspirava nossos grandes escritores, pintores, poetas e musicistas. Hermes foi o muso de Da Vinci quando o artista estava vivo, e também de Rafael e de Michelangelo. De certa maneira, as criações deles eram de Hermes. Mas nesta era moderna não havia artista capaz de entrar em sintonia com a inspiração de Hermes, e por isso ele passava os dias copiando no Louvre. Ele só podia trabalhar no plano físico, tendo a aparência de um humano, e pintando, enquanto permanecia dentro do museu. Se Hermes deixasse o museu, seria apenas como outro anjo, e as pessoas não saberiam que ele estava lá. Mas, para Hermes, era uma emoção ser visto por seres humanos, poder falar e fazer perguntas. Deus lhe concedeu essa oportunidade especial por causa do grande trabalho que fizera no passado.

"Da mesma forma que Teresa gostou de Hermes, ele gostou dela. O rosto da moça o intrigava; ele tinha um olhar de artista para rostos. Os olhos dela eram cálidos e gentis, a boca tinha um toque de tristeza. A voz dela também o intrigou, porque Teresa podia soar como uma criança inocente e uma mulher sábia na mesma sentença. Ela era linda, e Hermes ficou tão fascinado que sugeriu que almoçassem juntos em uma lanchonete do museu. Foi um convite que Teresa aceitou imediatamente.

"Hermes deixou de lado suas pinturas e telas e caminhou com Teresa pelos longos corredores do museu, apontando para várias pinturas e contando a ela histórias sobre os artistas, detalhes pessoais, como a maneira como Van Gogh cortou sua orelha e a deu para uma prostituta, ou que Michelangelo não gostava realmente de pintar, queria apenas esculpir. Contou a ela outras coisas que nem mesmo os especialistas saberiam sobre os artistas. Teresa ficou fascinada pelo conhecimento dele e pelos modos gentis. Eu acho que não preciso dizer que Hermes era mais agradável que as pessoas comuns. Foi o amor dele que brilhou em muitas das obras dos artistas que ele ajudou. Ele também era atraente pelos padrões humanos, com cabelos castanhos e longos, um rosto austero e mãos grandes e finas. Mas as roupas dele eram simples: calças brancas e camisa azul. Hermes não usava relógio ou algo do tipo. Aliás, ele não tinha carteira, e, quando chegaram à lanchonete e pediram a comida, Hermes ficou sem graça. Ele teve de se desculpar por não ter dinheiro, mas a moça não se importou de pagar pela comida, embora ela mesma tivesse pouco dinheiro.

"Então, eles conversaram e comeram, e Hermes conheceu muito sobre Teresa, mas ela não descobriu quase nada sobre ele, exceto que era um grande artista e sabia sobre a história da arte tanto quanto um estudioso. Teresa era sensível e sabia, de alguma forma, que Hermes não era como qualquer humano que ela já tinha conhecido. Quando o almoço acabou, ela estava apaixonada por ele, e Hermes, sendo um anjo, pôde enxergar o interior do coração dela e soube que o amor dela era genuíno. Para Hermes, isso era algo especial, porque, embora ele vivesse constantemente sob o resplendor do amor de Deus, uma parte secreta de seu íntimo ansiava por afeto humano. Ele tinha trabalhado com humanos por tantos séculos que uma parte dele se tornou humana. Talvez mais do que uma parte. Quando chegou o momento de Teresa ir embora do Louvre, ele se sentiu sozinho. Ela prometeu que viria vê-lo no dia seguinte.

"Ao meio-dia na manhã seguinte, ela estava lá, enquanto Hermes dava os últimos retoques em sua cópia da *Virgem das rochas*. Teresa não conseguia esquecer o quanto ele era talentoso, e chegou a dizer que a pintura dele era melhor que a de Da Vinci. Mas Hermes a corrigiu prontamente e disse que apenas parecia melhor porque ainda estava fresca. Na realidade, Hermes nunca tentou superar os trabalhos dos artistas que ajudara, apesar de intimamente pensar que conseguiria. Eles almoçaram juntos novamente, e Teresa pagou de novo, o que fez com que Hermes se sentisse desconfortável, porque ele queria tomar conta dela. Ela contou para ele sobre seus planos de ir para a América e falou, de forma não tão sutil, sobre quanto dinheiro poderia ganhar com seu talento na América. O entusiasmo da moça era contagiante, e Hermes teve de se deter e recordar que ele não era de carne e osso. Essa realidade o atingiu dolorosamente quando Teresa o convidou para ir ao cinema. Hermes disse que deveria permanecer ali para terminar o trabalho, mas Teresa, que era às vezes muito obstinada, tentou insistentemente convencê-lo, e isso apenas fez com que Hermes se sentisse pior. Finalmente, ele teve de dizer 'não' com firmeza, e Teresa interpretou mal a resposta, achando que Hermes não se importava com ela. Justo antes de ela ir embora, ele perguntou se ela viria vê-lo no dia seguinte, e a moça prometeu que viria.

"A tarde seguinte se passou quase como as duas anteriores, exceto que os sentimentos que nutriam um pelo outro estavam mais intensos. Mais uma vez, Teresa queria que Hermes saísse do museu com ela. Mas ele disse que não podia, só depois. Teresa quis saber quando; estava disposta a voltar para buscá-lo. Quando Hermes disse que não seria possível, a moça começou a suspeitar que ele tinha outra mulher ou que era casado. Mas Hermes assegurou que esse não era o caso, embora Teresa não tivesse mencionado sua suspeita. O fato de que ele parecia conseguir ler a mente dela a pegou desprevenida, mas Hermes atenuou o comentário, como se fosse uma coincidência.

"A pobre Teresa não sabia o que pensar. Ela conheceu um cara incrível, mas que parecia apegado de forma pouco natural a um museu. O rapaz não contava onde morava, como começou a trabalhar, se tinha alguma família. Na verdade, quando foi pensar no assunto, percebeu que ele não tinha contado nada sobre si mesmo, apenas sobre os artistas cujas pinturas estavam penduradas nas paredes dos grandes salões. Hermes podia ler a mente de Teresa e sabia que não podia permitir que ela viesse dia após dia para vê-lo. O anjo percebeu que a perderia, e isso lhe causou mais dor do que já tinha sentido, a primeira dor de verdade que sofreu. Ele a fez prometer que o visitaria no dia seguinte, mas havia um tom de hesitação na voz dela. O fato de Hermes pedir a promessa de Teresa era muito contrário à sua natureza. Por ele ser um anjo, não estava acostumado a pedir, afinal, anjos simplesmente dão, não pedem nada em troca.

"Naquela noite, sozinho no Louvre, Hermes rezou a Deus, pedindo que Ele lhe permitisse deixar o museu para sair com Teresa. Ele rezou por muitas horas, e então, de súbito, sentiu uma calidez em sua alma, e sabia que Deus tinha concedido o que ele pedira em oração. Mas, ao mesmo tempo, Hermes percebeu que, quando saísse do museu, não voltaria como um anjo. Iria se tornar completamente humano e perderia seus poderes angelicais. Mas ele estava disposto a fazer isso pelo amor da sua Teresa. Eu disse *sua* Teresa, e foi isso que quis dizer. Hermes já acreditava que teria Teresa consigo pelo resto da vida que tinha escolhido.

"No dia seguinte, Teresa foi procurá-lo, e Hermes foi embora do Louvre. Ele saiu e se deparou com a forte luz do sol, de mãos dadas com Teresa, e soltou uma gargalhada. O ex-anjo estava muito feliz, muito apaixonado. Hermes pensou que esses sentimentos durariam para sempre, mas, é claro, ele nunca tinha sido um mortal."

Kevin parou de falar e estendeu a mão para pegar o copo de água. Todos esperaram com ansiedade que ele continuasse, mas ele balançou a cabeça.

– Isso é tudo por hoje, gente. Me desculpem.

– Você sabe o resto da história? – Anya perguntou.

– Sim – respondeu Kevin. – Mas eu quero contar em partes. Não consigo pensar em uma história nova todas as noites, não vou gastar esta.

Ilonka não acreditou nele, porque Kevin era o mais criativo do grupo. Provavelmente ele estava tentando manter o pessoal no suspense. Mas ela temia que Kevin tivesse parado porque estava cansado. A voz dele tinha começado a piorar no final. Ela bateu palmas suavemente em sinal de aprovação.

– É uma linda história – Ilonka disse. – Eu sou como a Teresa, já estou apaixonada pelo Hermes.

Kevin baixou a cabeça.

– Sabe, você é muito parecida com a Teresa. Vocês duas são polonesas.

Ela deu uma risada.

– Você colocou isso no último segundo.

Ilonka quase acrescentou que ele não poderia ter escolhido um nome melhor se *quisesse* se inspirar nela para criar Teresa, porque seu nome do meio era Teresa. Mas ela sabia que ninguém na clínica sabia disso, nem mesmo o doutor White, porque ela nunca usava o nome do meio. Ilonka não queria dar a Kevin a impressão de que *ela* pensava que ele a colocaria em uma de suas histórias (oh, não, isso não), ainda que ela estivesse contando para ele histórias de suas vidas passadas juntos.

– Eu achei que foi uma história maravilhosa – declarou Sandra. – Mal posso esperar para ver como acaba.

– Vou reservar meu julgamento por enquanto – disse Spence. – Muitas histórias podem começar muito bem e depois perdem a graça. Isso já aconteceu comigo mesmo algumas vezes.

– O que você mais teve foi um começo horrível, que depois fica pior ainda – Anya disse para ele. Ela se mexeu na cadeira de rodas, passando a mão de forma distraída bem abaixo do coto da perna. Ilonka já a observara fazer esse movimento antes, como se estivesse tentando tocar em um local da perna que já não existia. – Essa noite rolou muita conversa sobre Deus, anjos, diabos e vidas passadas. Alguém aqui acredita *de verdade* que nós sobrevivemos depois de morrer?

– Você está tentando acabar com o clima festivo ou o quê? – Spence questionou.

Anya perdeu a paciência.

– Não. Estou fazendo uma pergunta séria e gostaria de saber a opinião de vocês. O que acham?

– Não tenho opinião – respondeu Spence.

Anya continuou irritada com ele.

– Você deveria ter pensado sobre isso, considerando onde estamos.

– Eu pensei sobre isso – afirmou Spence –, e é por isso que não tenho opinião. Acho que é a única opinião honesta a se ter.

– Eu acredito em Deus – disse Sandra. – Acredito que há um céu e um inferno.

Anya sorriu perversamente.

– Sandra, querida, para qual dos dois você acha que vai nos próximos dias ou semanas?

Sandra engoliu em seco.

– Para o céu, eu espero. Sempre tentei ser boa.

Anya riu.

– Se esse for o principal critério para ir ao céu, eu não sei se quero ir para lá. – Ela passou os olhos pela sala. – E você, Kevin?

— Eu acredito na alma. Acho que as experiências de quase morte das pessoas apontam fortemente para a ideia de que algo sobrevive à morte do nosso corpo. Eu não acredito no céu e no inferno nas formas tradicionais das palavras. Se Deus existe, eu não acredito que Ele criaria um lugar para torturar pessoas por toda a eternidade apenas porque cometeram alguns erros na Terra. — Kevin fez uma pausa e continuou: — Mas também acredito que minhas crenças não querem dizer nada. O que é... é. Não posso mudar nada. Entendem o que quero dizer?

— Eu, não — disse Ilonka, observando-o de perto.

Ela nunca tinha ouvido Kevin falar de forma tão aberta sobre nenhum assunto. Normalmente, ela tinha que captar vislumbres dos sentimentos dele por meio das suas histórias. Kevin olhou para ela e balançou a cabeça.

— Talvez eu seja tão mau quanto o Spence — ele disse. — Eu apenas sei que não sei de nada.

— E você, Ilonka? — Anya instigou. — Ou eu preciso me dar ao trabalho de questionar sobre sua história de vida passada?

Ilonka estava pensativa.

— Eu não sei sobre ter uma alma. Algumas vezes eu tenho certeza de que devo ter uma. Outras vezes sinto como se não houvesse nada por dentro. Mas eu acredito que o amor sobrevive. Que o amor que sentimos em nossas vidas não desaparece. Que Deus continua acompanhando esse amor, e o salva, para que esteja sempre lá, mais e mais amor no universo. Então, quem sabe, cada vez que voltamos, há um pouquinho mais de amor nos esperando.

— Se é que nós voltamos — Anya disse.

Ilonka deu os ombros.

— Não saberei até que chegue minha vez.

Spence se sentou.

— Mas é por isso que essas discussões são perda de tempo. Nós não vamos saber como é morrer até que morramos. Talvez a luz brilhante, que as pessoas que tiveram experiências de quase morte veem, se transforme em nada mais do que a última tentativa do cérebro de evitar o horror de não existir. – Ele fez uma longa pausa. – É uma pena que o primeiro de nós a ir não possa voltar e nos contar como é.

Sandra fez uma careta.

– Essa é uma ideia horrível.

Spence adotou uma expressão estranha, como se tivesse ficado espantado, apesar de a ideia ter sido dele.

– O que tem de horrível na ideia? – ele perguntou. – Eu acho que é a melhor ideia que esse clube já teve.

Ilonka riu, preocupada.

– Eu não quero nenhum fantasma batendo à minha porta no meio da noite.

– Mas e se fosse um fantasma que você conhece? – questionou Spence. Ele se dirigiu a todo o grupo. – Estou falando a sério. Por que não prometemos que o primeiro de nós a morrer fará todo o possível para entrar em contato com o resto do grupo? O que você acha, Kevin?

– Você está sugerindo que a pessoa em questão nos dê um sinal? – questionou Kevin.

– Sim – afirmou Spence.

– Quer que todos nós concordemos com um sinal específico? – perguntou Kevin.

– Não – disse Spence.

– Mas, se for um sinal aleatório, como saberemos que vem da pessoa que morreu? – questionou Kevin.

– O sinal pode ser qualquer coisa – declarou Spence. – Nós podemos nos encontrar tarde da noite, como de costume, e nosso querido falecido poderia derrubar um candeeiro, ou algo do tipo.

– Pode ser que não seja possível, sendo um fantasma, fazer algo tão dramático – Kevin disse.

– Vamos parar de falar sobre isso – interveio Sandra. – Eu não gosto de falar a respeito dessas coisas.

– É intrigante – admitiu Anya.

Sandra ficou horrorizada.

– Quando as pessoas morrem, elas não ficam andando pela Terra, dando sinais para as pessoas. Simplesmente não é assim que funciona.

– Se não é assim que funciona, isso não pode deixá-la com medo – Spence argumentou.

– Eu não estou com medo – Sandra afirmou com indignação. – Só acho que não é natural. Ilonka, diga alguma coisa.

– A pessoa que morrer poderia se comunicar conosco por telepatia? – sugeriu Ilonka, gostando da possibilidade.

Quando analisou o assunto, percebeu que estava tão curiosa quanto qualquer outra pessoa. Spence balançou a cabeça.

– Isso seria muito abstrato – ele disse. – Nós nunca teríamos certeza de que não é apenas nossa imaginação.

– Mas e se o falecido fizer com que todos nós tenhamos o mesmo sonho? – Ilonka perguntou. – Isso seria uma evidência, de certa forma.

– Essa é uma ideia interessante – disse Kevin, concordando – se presumimos que alguém do outro lado pode influenciar nossos sonhos. Mas e se usarmos um tabuleiro *ouija* e tentarmos contatar a pessoa?

– Poderíamos pedir para o doutor White comprar um – disse Spence, com interesse.

Sandra balançou a cabeça.

– Eu não vou concordar com isso. Se morrer, eu vou direto para o céu, e ponto final.

— Não se preocupe – disse Anya. – Se você for a primeira a morrer, ninguém vai ter pressa em falar com você.

— Calma, calma, seja boazinha – disse Spence. – Sandra, eu não pedi que assinasse um contrato. Você não tem que assinar nada. Se não quiser participar, está tudo bem. Porém, pense em como você nos deixaria tranquilos se soubéssemos que ainda está curtindo do outro lado.

— Você está dizendo que seria um alívio saber que temos almas – disse Anya.

— Você realmente está de mau humor hoje – Sandra disse para Anya.

— Esse é meu jeitinho normal de ser – Anya disse de forma doce. – É por isso que não estou ansiosa para torná-lo eterno.

— Eu acho que o primeiro de nós que morrer terá de decidir lá do outro lado a melhor forma de nos contatar – sugeriu Spence.

— Isso pode ser verdade, mas nós devemos dar a ele ou a ela alguma ideia de onde vamos procurar por um sinal – Kevin declarou. – Mas podemos pensar nisso depois.

— Não tão depois – afirmou Anya. – Nunca se sabe num lugar como este.

— Nós todos concordamos, então? – perguntou Spence. – Sandra?

— Desde que eu não me meta em problemas com Deus, acho que não tem problema tentar – disse Sandra, mudando de ideia.

— Eu sou a favor – concordou Kevin.

— Eu também – Ilonka disse.

— Deveríamos fazer um juramento de sangue – disse Anya. – Vai agregar poder ao nosso objetivo.

— Não acho que isso seja necessário – disse Spence.

— Não me importo de fazermos um juramento com sangue – afirmou Ilonka. – Vai dar um sabor pagão ao nosso voto.

— Não precisamos pegar algo um do outro – arguiu Kevin.

– Alguém pegue uma agulha – disse Anya. – Vamos lambuzar tudo e declarar nosso voto em uníssono.

Spence estava balançando a cabeça.

– Não vamos transformar isso em um espetáculo. Nós todos concordamos em tentar fazer o máximo possível para contatar os outros. Isso é tudo o que importa.

– Mas queremos um ritual de sangue – declarou Anya.

– Podem fazer, se quiserem – disse Spence, levantando-se. – Eu vou para a cama. – Ele se virou em direção à porta. – Boa noite, galera. Bons sonhos. Não morram durante a noite.

– Ele saiu de repente – Ilonka disse quando Spence saiu. Ela não se sentia cansada, provavelmente porque tinha dormido a metade do dia. Kevin estava começando a cochilar na cadeira ao lado, com os cabelos castanhos bagunçados caindo na frente do rosto magro. Ela tocou no braço dele. – Ei, dorminhoco, você tem que ir para a cama.

Kevin levantou a cabeça, com o rosto animado.

– Por que você não me acompanha?

Ilonka sentiu que estava corando.

– É provável que tenha que levar Anya de volta ao nosso quarto.

– Posso voltar para o quarto sem a sua ajuda – argumentou Anya. – A Sandra pode me ajudar.

– Desde que você não morda minha mão – disse Sandra, levantando-se e parando atrás da cadeira de rodas de Anya.

Anya tinha câncer no braço direito, assim como na perna que ainda lhe restava, e não tinha força para empurrar a cadeira de rodas. O doutor White estava tentando conseguir uma cadeira motorizada, mas ele disse que levaria tempo – e provavelmente seria muito tarde quando chegasse.

Anya e Sandra saíram da sala com um coro de boa-noite, e Ilonka foi deixada a sós com Kevin.

– Creio que não vamos ter um ritual de sangue – ela disse.

– Acho que não – respondeu Kevin. – O que você acha da ideia de Spence?

– Eu acho que talvez ele possa ter planejado um esquema para nos fazer parecer idiotas – afirmou Ilonka. – Até o momento que ele disse que alguém pode fingir um sinal. Isso é o que acho que ele pode fazer. Mas acho que é uma ideia interessante.

– Sim.

– Eu realmente amei a sua história – disse Ilonka.

Kevin tinha um olhar distante nos olhos.

– Obrigado.

– Como foi seu encontro com a Kathy? – perguntou Ilonka.

– Bom.

– Ela parece ser uma garota legal. Faz quanto tempo que vocês estão juntos?

– Estamos terminando e voltando já faz dois anos.

– Por que às vezes terminando? – Ilonka quis saber.

Kevin a encarou.

– Passei bastante tempo no hospital.

– É claro, que tola que sou.

Ele balançou a cabeça.

– Eu só queria ter contado no início que estava doente. Eu sabia, apenas achei que iria melhorar, sabe? Os médicos também acharam.

– Talvez você melhore – Ilonka disse.

Ele sorriu, mas o rosto continuou triste.

– Não estou contando com isso.

– Por que você estava me procurando hoje?

– Soube que vai fazer uma ressonância amanhã.

– Quem lhe contou isso?

– O doutor White. Não fique brava com ele; ele apenas me confirmou o que eu ouvi. Você deve ter contado para alguém.

– Eu contei para a Anya. Ela deve ter contado para o Spence.

– Tenho certeza de que foi assim que se espalhou – Kevin disse. – Enfim, eu ia perguntar por que vai fazer o exame. Mas, se não quiser falar sobre isso, eu não me importo. Não é da minha conta.

– O doutor White pediu que você viesse falar comigo? – Ilonka inquiriu.

– Não.

Ela deu de ombros.

– Eu tenho me sentido melhor, isso é tudo. Acho que os tumores estão regredindo. Sabe, eu tenho tomado muitas ervas e tenho feito uma dieta alimentar realmente pura, apenas frutas e vegetais.

– Eu não sabia disso – disse Kevin.

– Olhe, se você estiver preocupado de que eu esteja criando esperanças sem nenhuma razão, pode me dizer.

– Só você sabe como se sente.

– Foi isso que eu disse ao doutor White.

– Então não tem problema. Faça a ressonância e, se você estiver curada, certifique-se de escrever.

Ilonka queria dizer para Kevin que não podia imaginar sair da clínica sem ele. Mas qual era o sentido? Ainda parecia que ele ia desmaiar. Ela se levantou e o pegou pelo braço, algo que nunca tinha feito antes.

– Se você não for para a cama agora, ainda vai estar aqui amanhã à noite para a nossa reunião – ela disse enquanto o ajudava a se levantar.

Uma vez mais a magreza e a leveza de Kevin a abalaram; era como se ela estivesse ajudando um saco cheio de penas. Ele se apoiou nela para garantir suporte.

– Então, você realmente nunca conheceu alguém que lhe lembra a Shradha? – ele perguntou.

Ilonka quase contou ao Kevin naquele instante que estava falando sobre ele na história. Mas não podia, e na realidade seria uma grande tolice, dadas as circunstâncias. Será que ela era tão orgulhosa? Ilonka nunca tinha pensado sobre si mesma dessa forma.

– Não – ela declarou. – Eu disse que não.

– Quando você estava falando sobre o Egito, senti como se estivesse lá.

– Sério? Que interessante.

Ela o levou para o quarto dele. Kevin a abraçou depois que ela abriu a porta, e foi bom ser abraçada. Foi a melhor coisa no mundo inteiro. Então, de repente, Kevin desejou uma boa-noite e se foi. Ilonka caminhou de volta para o quarto com um ânimo especial em seus passos.

Enquanto pegava no sono, Ilonka pensou ter visto o rosto do Mestre e sabia que sonharia com ele.

CAPÍTULO 3

A manhã estava fria e úmida quando Ilonka Pawluk e o doutor White se dirigiram para o Menlow General, onde Ilonka faria o exame. O carro do doutor White era luxuoso, mas Ilonka achou a viagem desconfortável. Sua noite foi inquieta, e ela acabou tomando três comprimidos de Tylenol 3 às quatro da manhã. Tomou outros dois depois do café da manhã, composto de uma maçã e uma laranja, pouco antes de o doutor White ir buscá-la. Sentia como se o abdome fosse uma enorme massa de dor. Ilonka não sabia por que estava sentindo tanta dor, tudo de repente. O doutor White percebeu o desconforto dela.

– Nós estaremos lá em vinte minutos – ele disse.

Ilonka assentiu.

– Eu estou bem.

– O clube de vocês se reuniu na noite passada?

– Sim. As histórias estavam particularmente boas. Spence apenas mutilou alguns corpos, e o diabo da Anya não era tão ruim quanto esperávamos que fosse. Kevin contou uma linda história sobre um anjo que se apaixona por uma jovem e se torna humano para poder ficar com ela. Mas ele ainda não terminou. Ele vai nos contar mais nesta noite.

– Sandra falou sobre o quê? – o doutor White perguntou.

– A Sandra ainda não contou nenhuma história.

– E a sua história foi sobre o quê?

– Algumas pessoas do Antigo Egito. – Ela sentiu uma pontada de dor no ventre e respirou fundo. – É difícil de descrever em poucas palavras – disse Ilonka num sussurro.

– Ilonka?

– Eu estou bem – ela disse, forçando um sorriso. – Me conte sobre sua filha. Jessie, né?

– Sim. Esse era o nome dela.

Ilonka ficou paralisada.

– Ela não está... Não.

O doutor White estava pensativo.

– Pode ter sido um erro mencioná-la no outro dia. Mas eu queria falar com você sobre ela. Foi Jessie que inspirou o meu trabalho com jovens, e você, Ilonka, mais do que ninguém, me faz lembrar dela. Quando ela estava crescendo, eu pensava que era apenas cabeça-dura. Mas no final vi como o espírito dela era valente. – Ele balançou a cabeça com tristeza. – Ela morreu de câncer duas semanas antes do aniversário de dezoito anos.

– Meu aniversário de dezoito é no mês que vem – Ilonka disse com severidade.

– Desculpe, eu não deveria...

– Estou feliz que o senhor tenha me contado sobre ela – interrompeu Ilonka, e tocou no braço do médico. – É sério, está tudo bem. Me conte mais sobre ela. Conte qual era a música favorita dela, se tinha ou não um namorado. Me conte qualquer coisa que quiser.

O doutor White fez como ela pediu, primeiro com um pouco de hesitação, logo mais abertamente. Antes que eles chegassem ao hospital, Ilonka soube que Jessie White tinha amado muitas das coisas que ela amava: um bom livro; os Beatles; filmes de ficção científica; árvores; rapazes... é claro que havia rapazes. O doutor White disse que Jessie tinha um namorado quando morreu, alguém que lhe trazia conforto. Ilonka achou tanto uma alegria quanto um pesar ouvir sobre a garota falecida. Sua dor, mesmo com os comprimidos que tomou, continuaram a aumentar. Ela nunca imaginou que um passeio de carro pudesse ser tão difícil, e teve que se questionar sobre sua própria teimosia.

Ilonka achou o hospital opressivo, depois de experimentar a tranquilidade da clínica. Naturalmente, quando checaram os registros de ressonância magnética, eles descobriram que não havia nada sobre uma Ilonka Pawluk neles. Enquanto o doutor White se apressou para mexer uns pauzinhos, Ilonka ficou sentada em uma cadeira dura de plástico verde, não muito longe de uma porta que dava para fora que ficava abrindo e fechando, e por onde entravam rajadas de vento que a cortavam como se fossem bisturis. Uma das rajadas foi tão forte que tirou a peruca do lugar. Ilonka ficou horrorizada até conseguir arrumá-la rapidamente. Ela ficou sentada com uma mão na cabeça e a outra segurando o frasco de Tylenol e codeína, dizendo a si mesma que não tomaria mais nenhum comprimido e se perguntando, ao mesmo tempo, como conseguiria ficar parada durante a hora que duraria o exame. No final, justo antes de chamarem o nome dela para entrar, Ilonka engoliu outros dois comprimidos. Pela primeira vez, em muito tempo, ela desejou ter levado morfina.

Para o exame, ela tinha de se deitar em um aparelho longo que se parecia com um caixão. A ressonância magnética não usava raios X para ver por dentro do corpo, mas, sim, ondas sonoras controladas por computador. Essas ondas formavam uma "foto" das várias densidades de seus órgãos internos. Um tumor geralmente se mostrava como uma sombra nessa foto, por causa de sua alta densidade. Deitada na cabine, ouvindo o zumbido misterioso dos olhos eletrônicos, enquanto eles giravam lentamente ao seu redor, Ilonka se lembrou da primeira vez que fez esse exame e dos terríveis resultados. Eles a operaram logo no dia seguinte e, quando ela acordou, contaram-lhe que já não tinha o útero e os ovários. Foi dessa forma que ela descobriu que nunca teria filhos. Ilonka chorou quando recebeu essa notícia e mal conseguiu entender quando os médicos lhe disseram que não tinham certeza se haviam retirado todo o tumor.

De repente, Ilonka sentiu uma vontade terrível de ver a mãe, que ela dissera para todo mundo que tinha morrido de câncer, mas que na verdade tinha bebido até morrer.

A saudade permaneceu com ela durante todo o exame.

O doutor White estava muito calado no caminho de volta para a clínica. O pessoal do hospital tinha dito a eles que receberiam os resultados no dia seguinte. Sem o estímulo de uma conversação, Ilonka sentiu a cabeça cair muitas vezes e ficou brava consigo mesma por ter tomado tantos comprimidos. Eles iam deprimir seu sistema imunológico, pensou, e precisava do sistema com eficiência máxima para matar os tumores.

O doutor White tinha outro compromisso e a deixou na porta da frente da clínica. Ilonka agradeceu ao médico pelo exame e correu para dentro.

Sentada na sala de espera estava Kathy Anderson, a namorada de Kevin. Ela se levantou quando Ilonka entrou na sala. Vestia outras roupas caras, e deu um grande sorriso aberto, que Ilonka achou fastidioso. A moça parecia longe de estar confortável.

– Estou esperando pelo Kevin – disse Kathy. – Já estou esperando faz um tempão.

– Eu vou chamá-lo para você – Ilonka disse automaticamente, virando-se para a porta que dava para dentro da clínica. Mas de repente ela parou; algo a fez parar. Ilonka olhou de volta para Kathy: – O Kevin está muito doente. Talvez fosse melhor que você não o levasse lá fora hoje.

Kathy deu de ombros, incomodada.

– Nós não precisamos ir lá para fora.

Ilonka deu um passo na direção dela.

– Kathy... posso chamá-la de Kathy?

– Não sei do que mais você poderia me chamar.

Ilonka sorriu, mas não havia cordialidade no sorriso. Ela achou, logo antes de começar a falar, que estava fazendo um favor para Kevin. Mas, mesmo com a racionalização, ela pensou em Judas, na forma como a mente dele deve ter funcionado. "Sim, Jesus, não tem problema esses soldados virem para prendê-lo. Eles vão levá-lo direto para Pôncio Pilatos, você pode operar uns milagres lá, e o cara vai amar você, tenho certeza. Depois estaremos a caminho de Roma."

Ainda assim, Ilonka seguiu em frente e abriu a boca. Porque Kevin pertencia a ela, qualquer idiota conseguia ver isso.

– Kathy, você consegue perceber o quanto Kevin está doente? – questionou Ilonka.

A garota loira pestanejou.

– Eu sei o que ele tem, não sou idiota.

– Não estou dizendo que você é idiota. Estou dizendo que você está vivendo num estado de negação. Kevin tem leucemia. Com os remédios disponíveis hoje em dia, muitos tipos de leucemia podem ser curados. Mas por alguma razão os remédios não funcionaram para Kevin. É por isso que ele está aqui. Isto não é um *hospital*, onde os pacientes têm esperança de melhora. Isto é uma *clínica de tratamentos paliativos*, onde os pacientes recebem conforto até o momento de morrer.

Uma sombra passou pelo rosto de Kathy.

– O que você está tentando dizer?

– Eu já disse. O Kevin não vai melhorar. Ele não vai sair daqui com você um dia. Ele vai morrer.

Kathy balançou a cabeça com força.

– Não.

– Sim – Ilonka deu outro passo em direção a ela, até que elas estavam praticamente se tocando. – Ele provavelmente vai morrer daqui a pouco tempo. E é difícil para ele, conforme se aproxima do fim, encenar esse papel para você, fingir que vai melhorar. Na verdade, todas as vezes que você vem até aqui para vê-lo, isso o machuca.

Kathy abaixou a cabeça e começou a chorar.

– Eu não quero machucá-lo, eu o amo.

Ilonka colocou a mão no ombro da garota.

– Então deixe-o ir, deixe-o em paz, sem ter que fingir para você. Deixe-o conosco.

De repente, Kathy levantou a cabeça. A postura dela tinha mudado completamente. Ela empurrou a mão de Ilonka como se fosse uma aranha rastejando em seu ombro.

– E o que *você* vai fazer por ele? – perguntou, amargurada.

Ilonka se deparou com o olhar de Kathy.

– Vou ficar com ele quando morrer, para que não esteja sozinho. Você realmente acha que poderia estar com ele nesse momento?

Kathy continuou a olhar para Ilonka com ódio. De repente, ela se virou e fugiu da clínica, batendo a porta atrás de si. Ilonka encarou aquela mesma porta por muito tempo, perguntando-se o que tinha feito, e por quê.

Finalmente, ela escutou alguém atrás dela. Sabia quem era sem nem mesmo se virar.

– Ilonka, você viu a Kathy? – Kevin perguntou. – Soube que ela estava esperando para me ver.

Ilonka espirrou. O frio tinha deixado seu nariz escorrendo, ou então era outra coisa. Ainda assim, ela olhou diretamente nos olhos de Kevin e balançou a cabeça.

– Eu não a vi – respondeu Ilonka.

Ilonka foi para o seu quarto. Ali, encontrou Anya dormindo em uma pilha de travesseiros e cobertores. A Bíblia estava aberta perto dela, no chão. Anya tinha uma caixa de objetos pessoais no topo da mesa de cabeceira. Ilonka se jogou na cama, como o rosto para baixo, e chorou no travesseiro.

Não conseguia se lembrar de alguma vez que tivesse feito algo tão desprezível. Não conseguia se lembrar de quando desejou tanto alguém em sua vida. As duas coisas, ela sabia, tinham uma clara conexão.

Depois de algum tempo, ela escutou Anya chamar o seu nome. Levantou-se e encarou a colega de quarto, que estava procurando uma caixa de comprimidos e um copo de água. É claro, mais uma vez eram as enfermeiras que deveriam distribuir os remédios, mas Anya nunca jogava pelas regras, principalmente não com o jogo tão avançado.

– Qual é problema? – Anya perguntou. – Ou essa é uma pergunta idiota?

Ilonka se levantou. Incrivelmente, se levarmos em conta a quantidade de comprimidos que ela tinha tomado, seu abdome a estava matando.

– Esses são o quê? – ela questionou.

– Morfina. Um grama cada. Quer?

– Eu nunca tomei morfina.

– Uma vez que tomar, nada mais vai lhe satisfazer.

– Foi isso que ouvi. Por isso eu nunca tomei. – Ilonka deu uma pausa e enxugou o suor que escorria de seus olhos. Ela estava tendo problemas para respirar, tamanha era a dor que estava sentindo. Ela esticou a mão. – Me dê um – disse.

Anya jogou para ela um comprimido. Ilonka tinha um copo de água à cabeceira da cama. O comprimido desceu suavemente.

– Quanto tempo demora para fazer efeito? – Ilonka perguntou.

– É bem rápido – respondeu Anya. – Você vai começar a sentir um certo alívio daqui a quinze minutos.

Ilonka suspirou.

– Eu nunca quis ser uma viciada em remédios.

– Existem formas piores de se morrer.

– Existem?

Anya levantou uma sobrancelha e se mexeu de um jeito desconfortável em sua cama.

– O que aconteceu? Kevin lhe disse que não podia ter um compromisso a longo prazo?

– Não exatamente. Eu disse para a namorada dele que ela estava cometendo um erro se pensava em manter um compromisso de longo prazo com ele.

Anya ficou interessada.

– Conte logo toda a história.

Ilonka contou, o que não demorou muito. Quando parou para pensar, percebeu que tinha atingido Kathy de forma rápida e certeira. Anya assentiu, como mostra de sua aprovação.

– Você fez um favor para a garota – ela disse. – É melhor encarar a realidade.

Ilonka estava incerta.

– Eu não disse o que disse como um favor para ela. Disse para mantê-la longe de Kevin. – Ilonka começou a chorar novamente. – Tipo, eu sou tão patética que não consigo conquistá-lo por mim mesma. Precisei destruir o relacionamento dele com a namorada.

– Você tem razão.

– Muito obrigada. Você não precisava concordar comigo.

Anya começou a falar, mas logo depois pensou melhor. Ela esfregou o lugar em que sua perna estaria, algo que fazia com frequência quando não estava se sentindo bem. Depois, estendeu a mão para a caixa de coisas e pegou uma pequena escultura de argila laranja de um menino e uma menina segurando as mãos. A escultura estava quebrada; era uma coincidência curiosa que a perna direita da menina fosse a única parte que faltava. Anya segurou e observou a obra como se contivesse grandes segredos.

– Eu que fiz essa escultura – disse, finalmente.

– Não sabia que você esculpia.

A escultura tinha detalhes incríveis, dado o seu tamanho, e parecia o trabalho de um artista experiente. Anya continuou encarando o trabalho quebrado.

– Eu fiz para um amigo meu – declarou Anya.

Ilonka captou algo na voz da amiga.

– Para o seu namorado?

Anya engoliu em seco, e Ilonka acreditou ter captado um vestígio de umidade nos olhos dela. E Anya, as pessoas diziam, não tinha chorado nem mesmo quando cortaram a sua perna.

– Sim – disse Anya. – O nome dele era Bill. Eu nunca lhe contei sobre ele, contei?

– Não.

– Bem, não tem nada para contar.

Ilonka foi até a cama da amiga e se sentou.

– Anya, pode me contar. Você é minha amiga, sabe? Eu sinto isso.

Anya sorriu e balançou a cabeça.

– Você tem um péssimo gosto para amigos – ela bateu levemente na cama com a escultura. – Bom, nem é uma longa história. Eu não poderia contá-la nas nossas reuniões, isso é certo. – Ela fez uma pausa. – Você realmente quer ouvir sobre o Bill?

– Eu quero.

Anya respirou fundo.

– Como eu disse, ele era meu namorado. Eu o conheci quando eu tinha dezesseis, dois anos atrás. A primeira vez que vi o Bill foi num *shopping*, numa livraria. Sempre fui doida por caras que leem, eles são tão poucos... Na primeira vez que vi o Bill, achei que ele tinha uma aparência engraçada. O cabelo dele era de uma cor laranja estranha, e ele usava um brinco que parecia ter sido roubado de um nativo africano. Ele estava na seção de livros sobre assassinatos da vida real. Tinha na mão cerca de três livros desse tipo, então soube de longe que estava lidando com uma mente conturbada. Eu estava sentada no chão lendo um livro de poesia e me lembrei do jeito que ele olhava para mim. Sorria como se me conhecesse. Tipo, lá estava ele, e lá estava eu. Ele veio até mim e pediu para sair comigo. É claro, eu disse onde ele podia enfiar aquela ideia, mas ele não se importou. Nós continuamos conversando, e eu acabei dando meu número para ele.

Esse foi o começo. Pouco depois, nós estávamos saindo regularmente, algo que eu nunca tinha feito antes. Ah, sim, eu já tinha saído com muitos caras, mas nunca senti algo real por eles. Mas havia algo sobre Bill... eu não consigo explicar. Era como aquele ritual que você começou no início das reuniões do clube, como se ele pertencesse a mim, e eu, a ele. O cara não era a pessoa estranha que pensei que era no início. Bill era muito mais estável do que eu. Ele era fascinado pelo trabalho de detetives e coisas desse tipo. Na verdade, apesar de parecer um criminoso, ele queria ser um policial um dia. Tinha planos. Bill tinha planos, e, quando falava, eu sempre era parte dos planos.

Anya ficou em silêncio durante um momento antes de continuar.

– Eu não sei por que diabos fiz isso. Estava feliz com o Bill. Não queria sair com mais ninguém. Mas eu comecei a sentir, conforme passaram os meses, que estava feliz demais com ele. Eu sei que isso soa idiota: e é uma idiotice. Mas era como se ele fosse muito bom para mim, sabe, como se eu não o merecesse. Mesmo quando estava nos braços dele, amando-o com cada célula do meu corpo, eu sentia como se estivesse traindo o Bill. E isso antes mesmo que eu fizesse qualquer coisa. Era como se no fundo do coração eu soubesse que aquilo não duraria, por causa de quem eu era. Isso faz sentido?

– Sim – Ilonka afirmou.

Anya deu de ombros.

– Outro cara pediu para sair comigo. Eu não consigo me lembrar onde o conheci, não consigo lembrar nem do nome dele. Ah, sim, era Charlie. O Charlie pediu para sair comigo, e eu disse sim. As palavras simplesmente saíram da minha boca, porque eu não queria sair com ele. Ele foi, claramente, um problema desde o início. Entretanto, eu sempre tinha me sentido atraída por problemas, até conhecer o Bill. Mas o que eu fiz foi sair com o Charlie na mesma noite que tinha marcado de sair com o Bill. E eu nem mesmo me dei ao trabalho de ligar para o Bill para desmarcar o encontro. Simplesmente o ignorei, sabe, eu era uma vaca.

"Mas isso não é nem a metade da história, não é nem um bilionésimo. Veja bem, meus pais saíram por um final de semana, e eu convidei Charlie para ir à minha casa, sabendo que isso nos levaria a transar. Eu também tinha certeza de que o Bill não estaria na minha casa me esperando. Charlie não sabia que meus pais estavam fora, e nunca chegava perto deles. Eles não gostavam dele, não gostavam de nenhum garoto com quem eu saía. Cara, eu pensei enquanto recebia o Charlie na porta da frente, o que eles teriam pensado sobre o meu último ficante! Charlie era o tipo de cara tão pegajoso que você sentia que tinha de passar desinfetante nas mãos depois de tocar nele. Mas ali estava eu, pronta para me ferrar com ele. Não me pergunte por quê, Ilonka, não existe resposta a não ser o fato de eu ser uma imbecil.

"Então, aconteceu. Não fazia nem cinco minutos que estávamos em casa, e o cara me empurrou contra a parede e começou a me beijar como se eu fosse uma placa de gesso onde ele estava tentando fazer um buraco. Dez minutos depois e nós estávamos pelados na cama. O estranho era que, durante todo o tempo, eu odiei tudo aquilo. Continuei desejando que estivesse com o Bill. Bem no meio do ato, eu fechei os meus olhos e tentei imaginar o máximo possível que aquele era o Bill. Eu pedi a Deus que fosse ele."

Anya parou e fechou os olhos.

– O Bill chegou? – Ilonka disse gentilmente.

Anya assentiu, com uma lágrima caindo do olho direito.

– Péssima hora – Ilonka sussurrou.

Anya abriu os olhos e bufou.

– A péssima hora foi a minha. Eu vejo agora que, de uma forma perversa, eu queria que tudo acontecesse como aconteceu. Se eu quisesse apenas ir para a cama com o Charlie, poderia ter ido para a casa dele. E eu disse que não havia chance de o Bill ir à minha casa, mas sempre havia a possibilidade, considerando que eu não tinha ligado para ele dizendo para não ir. Tem outra coisa: eu não fiquei surpresa quando a luz se acendeu de repente. Era como se parte de mim estivesse esperando por aquilo.

"Bill entrou, e lá estávamos nós, os dois, olhando para ele. Ele olhou para mim naquele momento, e o que mais me doeu não foi que ele pareceu bravo. Isso era esperado. Mas ele olhou para mim como se não me conhecesse. Isso doeu mais, por causa do que eu disse antes. O dia em que nos conhecemos foi como se nos conhecêssemos há milhares de anos. Mais ou menos como as suas histórias de vidas passadas. Mas, naquela noite, quando Bill me viu, era como se eu fosse um verme que ele achava que estivesse morto há muito tempo."

Anya parou e segurou sua estátua de argila.

– Eu estava fazendo a escultura para o Bill quando isso aconteceu. Como você pode ver, ainda tenho de pintá-la. Era para ser nós dois; eu ia dar para ele no Dia dos Namorados, que era na semana seguinte. Ela estava na cômoda, perto da porta, quando o Bill entrou. Depois de nos encarar fixamente por longo tempo, ele estendeu a mão, pegou a escultura e a jogou no chão. Bill estava apenas procurando por algo para quebrar, mas isso foi tudo o que ele fez. Não tentou machucar nenhum de nós. Ele nem sequer chegou a falar alguma coisa. Ele quebrou esta estátua, se virou e foi embora, e eu nunca mais o vi.

Anya parou mais uma vez. Ela não estava mais chorando, mas a dor em seu rosto era mais profunda do que sua doença. Ilonka se inclinou e a abraçou, e Anya encostou o rosto no peito da amiga. Elas ficaram sentadas nessa posição durante um minuto. Então, Anya sussurrou algo que Ilonka não entendeu, e ela teve que pedir que Anya repetisse. Anya se afastou.

– Eu disse que a única parte que se quebrou foi minha perna direita – ela disse.

– Na estátua? Sim, mas isso não quer dizer nada. Anya, você não acha que teve câncer na perna por causa do que aconteceu naquela noite, acha?

– Eu fiquei doente um ano depois disso, justo na minha perna direita. Fiquei doente, e eles a cortaram.

– Mas foi uma coincidência. Você sabe como essas doenças funcionam. Provavelmente você já tinha esse câncer anos antes de saber disso.

– Talvez – disse Anya.

– Não existe um "talvez" sobre isso. Olhe, você fez algo e se sente culpada. Isso é ruim, sim, faz com que você se sinta mal. Mas não é o motivo por que você ficou doente.

Anya tocou na perna quebrada da menina na estátua de argila.

– Há doença no corpo e há doença na alma – ela declarou e deu de ombros. – Mas isso não importa. Como eu disse na noite passada, provavelmente nós nem tenhamos uma alma.

– Você disse que não vê o Bill desde o ocorrido. Ele sabe que você está aqui?

– Não. Eu pensei em escrever para ele, mas não parecia ter sentido.

– O que você queria dizer para ele?

O lábio inferior de Anya tremeu.

– Que eu sinto muito.

– Você deveria escrever para ele. Ligar para ele.

Anya colocou a estátua de volta na caixa.

– Não há mais tempo.

Anya não queria mais conversar. Ilonka voltou para a cama e se deitou debaixo das cobertas. A morfina em sua corrente sanguínea a perseguia, e ela estava muito cansada para fugir. Logo depois, ela estava dormindo. Estava acordada apenas em seus sonhos.

Era outra época. Talvez outro mundo. Mas o que eram espaço e tempo quando tudo era uma coisa só? Isso foi o que o Mestre disse. O que é a realidade? Quem é você? Tudo isso que você vê, tudo isso que conhece com os seus sentidos, é maya, que no hinduísmo quer dizer "ilusão". Você está além disso. Você é supremo.

Ela ia ver o Mestre agora e estava tentando se lembrar das muitas coisas que ele havia dito antes. Mas as palavras dele eram como aquelas de um poema sussurrado: intoxicantes para os ouvidos, tão suaves e sutis, mas difíceis de compreender, ao menos com a mente. Ele dizia que não falava para a mente, apenas para o coração. Era uma pena que o coração dela estivesse tão cheio de tristeza que não conseguia ouvir melhor. Ah, bem, o Mestre entendia isso. Ele entendia tudo sobre ela, e ainda assim a amava.

Ela encontrou o Mestre sentado perto de um rio que fluía suavemente. O cabelo e a barba dele eram longos e escuros; seus olhos, grandes e brilhantes. Ele sorriu enquanto ela se aproximava, e isso foi suficiente para aliviar o fardo que ela carregava, que ele olhasse para ela e se lembrasse. Fazia dois anos que ela não o via, e, durante esse tempo, tinha perdido tudo o que amava. O Mestre a convidou para se sentar ao lado dele.

A paz dele era suave; parecia quase como se o vento pudesse soprar e levar essa paz embora, como uma única pétala de flor flutuando numa brisa. Mas ela sentia que sob seu silêncio delicado estava o poder que movia o universo inteiro. Ele não falou no início, apenas olhou para ela, e ela sentiu seus olhos úmidos.

– Você vem de longe? – finalmente ele perguntou.

Ela assentiu.

– Sim, Mestre.

O mestre estava brincando com uma rosa na mão.

– Seu marido não está com você.

– Não.

– Ah – ele disse. – É isso. Ele se foi, e você se sente perdida.

Novas lágrimas caíram dos olhos dela.

– Eu estou perdida. Ele me deixou e não vai voltar. Não sei o que fazer. Não consigo parar de pensar nele.

– Você não consegue parar de pensar nele – o Mestre concordou. – Aquilo que resiste persiste na mente. É sempre assim. Então, você está pensando nele. Observe isso. Medite nisso. Até os iluminados têm emoções. Mas, enquanto você atua nas emoções, eles apenas meditam nelas. – O Mestre riu e bateu na cabeça dela suavemente com a rosa. – É um milagre que você esteja aqui.

Ela teve que rir, apesar de estar chorando.

– Ele vai voltar para mim algum dia?

O Mestre deu de ombros.

– Eu não sei. Se ele voltar, voltou. Se não voltar... isso também é inevitável. Mas você não precisa do amor dele.

– Eu preciso! O amor dele significa mais para mim do que qualquer coisa no mundo!

O Mestre balançou a cabeça.

– Não, você não precisa. Você é amor.

Ela assentiu.

– Eu entendo isso intelectualmente. É só que não me ajuda neste momento. – Ela tocou a bainha do manto dele. – Por favor, traga-o de volta para mim.

O Mestre estava pensativo.

– O que você faria para trazê-lo de volta? Você o amaria melhor? Ou apenas o amaria pelo que ele pode fazer por você? Pelo que ele lhe dá?

– Eu o amaria incondicionalmente – ela respondeu dessa forma porque o Mestre sempre enfatizava que eles tinham nascido para aprender o amor incondicional. Mas ele riu com a resposta dela.

– Você pode amá-lo incondicionalmente agora. Não precisa vê-lo. A única razão pela qual quer vê-lo é para receber alguma coisa dele. – O Mestre balançou a cabeça. – Eu a vi passar por isso mais vezes do que você se lembra. Quando você está com ele, tudo é frenético. Você fica muito envolvida, muito apegada. É alguma surpresa que o universo o tire de você? Não, você não precisa dele. Você tem a mim, tem a Deus. É suficiente que nós a amemos.

Ela estava contando com um gesto mágico vindo da mão do Mestre, que tinha ressuscitado mortos assim. Mas ele não iria ajudá-la, e ela não entendia o porquê. Porém, o Mestre leu hoje a mente dela mais uma vez.

– Eu vejo que toda essa dor faz bem para você – disse o Mestre. – Faz com que você volte para o seu eu interior. Você não precisa ser tão carente emocionalmente. Feche os olhos e fique quieta. Aprenda a apreciar a sua própria companhia. – Ele bateu na cabeça dela com a rosa mais uma vez. – Vá, agora descanse.

Ela ficou chocada com a despedida repentina.

– Mas eu continuo muito machucada.

– Emoções vem e vão; e sua dor não pode durar. Você dá muita importância para suas emoções. Eu não sei por quê.

Ela se levantou relutantemente.

– Eu vou vê-lo de novo?

O Mestre fechou os olhos por um momento.

– Sim.

– Nesta vida?

Mas a essa pergunta o Mestre não responderia.

CAPÍTULO 4

Era hora de outra reunião do Clube da Meia-noite. Spence trouxe duas garrafas de vinho e seis copos.

– Nós temos que brindar – ele disse enquanto distribuía os copos.

Eles tinham acabado de terminar de fazer o "Eu pertenço a você".

– Qual é a ocasião? – Ilonka perguntou.

– Hoje é o primeiro dia do resto das nossas vidas – Spence declarou e riu baixinho dele mesmo e de seu clichê.

Esta noite é o início de uma noite sem fim.

Ilonka olhou ao redor, perguntando-se de onde viera aquele pensamento. Ela rapidamente o descartou como uma ideia ridícula, já que todos os seus pensamentos surgiam dentro de sua própria mente. Mas a frase podia ter surgido em sua mente vinda de uma fonte externa; parecia muito estranha. Ela examinou o rosto daqueles que estavam na sala, e seus olhos acabaram pousando em Anya, que estava sentada, sentindo dor e exaustão. Ilonka dormiu por algumas horas depois da história de Anya sobre o Bill, mas, depois que se levantou, não conseguiu persuadi-la a falar mais sobre o assunto. Ilonka estava pensando em encontrar o Bill e colocar os dois em contato. Anya podia gritar com ela o quanto quisesse, ela não se importava.

– É isso – Ilonka concordou com Spence.

Ilonka nunca tinha provado vinho antes e estava ansiosa por isso. Sua própria dor estava mais suave do que antes. Ela estava otimista, acreditando que os resultados do exame mostrariam que os tumores estavam diminuindo. Isso não significava que estava bem (ela não era tão tola), mas significava que ela *iria* melhorar. Isso era tudo o que queria, uma segunda chance.

Ela se lembrava vagamente de ter sonhado com o Mestre, e isso também fez com que se sentisse melhor. Mas, o que foi muito estranho, no sonho ela não tinha concordado com o que o Mestre lhe dissera. Ela não conseguia se imaginar discutindo com um ser como o Mestre.

– Onde você conseguiu o vinho? – perguntou Kevin.

Era difícil para Ilonka até mesmo olhar na direção dele, por várias razões diferentes. Havia culpa pelo que tinha contado para Kathy e o medo de que ela pudesse ter ligado para Kevin e contado a ele o que a cruel Ilonka Pawluk tinha dito. Havia também a terrível aparência de Kevin: suas bochechas estavam tão fundas que ele poderia ser o anjo austero sobre quem falava em sua história. Naquela noite, Spence teve de ajudá-lo a chegar à biblioteca.

Sandra... estava como sempre, nada mal.

– Eu encomendei pelo correio – Spence respondeu. – Eles não pediram nem mesmo minha identidade falsa, que eu teria mostrado com alegria. O mundo é maravilhoso quando você pode comprar pecado e degradação em um catálogo. – Ele terminou passando os copos e pegando uma das garrafas de vinho. – Acho que temos que acabar com essa garrafa antes do início das nossas histórias.

– Eu só quero um golinho – declarou Sandra.

– Você vai tomar sua medicação como uma moça crescida e sem reclamar – Spence disse. – Você precisa tomar um copo cheio. Quem sabe? Pode ser que solte sua língua e você possa nos contar uma história nesta noite.

Spence caminhou ao redor da mesa servindo o vinho como se fosse um garçom. Quando chegou ao copo de Ilonka, ele franziu o cenho e pegou o copo.

– Desculpe, minha princesa polonesa – ele disse estudando o cristal, que, sem sombra de dúvida, tinha roubado de um dos diversos armários da mansão. – Eu acho que este aqui está um pouquinho sujo. Afortunadamente, eu fui sensato e trouxe um copo extra. – Ele pegou o copo extra e serviu para ela uma grande porção.

O fluido vermelho escuro parecia sangue na bruma da luz do candeeiro. Um momento depois, estavam todos sentados, e Spence estava propondo um brinde. Ele levantou seu copo bem alto, e os amigos fizeram o mesmo.

– Ao Clube da Meia-noite – disse Spence. – Que a maravilha de seu gênio criativo inspire muitos a seguir o caminho escuro e perigoso, e sempre erótico, de contar histórias tarde da noite. Tim-tim!

– Tim-tim! – todos disseram.

Nem todos puderam estender a mão para brindar com os copos, espalhados como estavam ao redor da grande mesa de madeira, mas Ilonka pôde brindar com o copo de Kevin. Ele sorriu para ela enquanto brindavam, e ela não detectou um único traço de ressentimento nos olhos dele.

No entanto, o vinho foi uma decepção para Ilonka. Ela imaginou que teria o sabor de um suco de uva glorificado e salpicado com néctar. Em vez disso, achou que o líquido era muito amargo e se perguntou se isso era por causa do álcool. Mas os outros, provavelmente experientes apreciadores de vinho, pareciam felizes com a bebida. Aliás, *Sandra* pediu um segundo copo, e Spence ficou muito contente em servi-la. Uma garrafa vazia, faltava a outra.

Finalmente, eles se sentaram para contar suas histórias. Spence queria que Anya fosse primeiro, porque queria contar a história depois dela, para que sua história incrível destruísse a de Anya por completo. Mas ela disse que não tinha nenhuma história para contar.

– Mas sem dúvida o diabo deve ter visitado alguém entre a noite passada e agora, não é? – Ilonka perguntou, cutucando Anya.

Anya se mexeu de um jeito desconfortável na cadeira, esfregando os dedos repetidamente, como se estivesse sofrendo de artrite. O rosto dela estava tão afetado pela dor que era como se fosse uma velha encarquilhada.

– O diabo está sempre um passo à minha frente – Anya disse. – Eu não sei o que ele fez entre ontem e hoje. Não tenho nenhuma história para esta noite. – Anya olhou para Ilonka. – Eu disse o que tinha para dizer.

Ilonka percebeu que ela estava se referindo àquela tarde. Ela já tinha contado sua história do dia. Kevin continuou falando.

– Você só está pensando em uma história para acabar com todos nós – ele disse.

Anya deu um leve sorriso.

– Sim.

– Sandra – Spence disse. – Já está se sentindo falante?

Sandra já tinha terminado o segundo copo de vinho, e havia um brilho em seu olhar, como se... sim, ela estava bêbada. Apenas dois copos de vinho. Sandra tinha um sorriso selvagem no rosto, que combinava mais com ela do que seu cabelo reto.

– Eu acho que quero falar sobre o primeiro menino que já fez amor comigo – Sandra disse de repente, arrastando as palavras. Spence uivou, e o restante do grupo começou a rir. Sandra empurrou seu copo para Spence. – Me dê outro gole.

Spence abriu a segunda garrafa em um momento e logo, ainda mais fortificada, Sandra estava pronta para se juntar ao clube oficialmente. O sorriso dela era tão grande quanto o seu rosto.

– O nome dele era Dan – Sandra disse. – Eu o conheci em um parque em Portland. Eu estava alimentando os patos, e ele estava lá com o cachorro. O cachorro não gostava dos patos e tentou atacá-los. Na verdade, o cachorro pegou um e arrancou um punhado de penas do bicho. Enfim, eu conheci o Dan, e nós começamos a conversar, e depois fomos até a mata e fizemos sexo. Foi minha primeira vez, e foi ótimo – Sandra soltou uma gargalhada. – Essa é a minha história.

Todos olharam para a puritana e correta Sandra. Finalmente, Ilonka quebrou o silêncio.

– É isso? – ela perguntou. – Você conhece um cara há alguns minutos e faz sexo com ele?

Sandra de repente se sentiu indignada.

– Nós conversamos por algumas horas. – Ela gargalhou de novo. – Conversamos sobre sexo!

– Espere um minuto – Spence disse. – O que tinha de tão especial no Dan que fez você deixar de lado sua criação conservadora e pular em cima dele?

Sandra estava obviamente confusa.

– Eu não sei. Ele não era tão bonito. Deve ter sido o vinho que estávamos tomando.

Spence limpou a garganta.

– Você já disse tudo – ele encarou o resto do grupo. – Acho que devo começar, a não ser que outra pessoa queira ir antes. Não? Tudo bem, mas, antes de começar, gostaria de dizer que recebi outra carta da Caroline hoje, e pode ser que ela venha me visitar daqui a duas semanas. Antes disso, eu vou precisar de algumas coisas da farmácia que as enfermeiras não estão distribuindo, se entendem o que quero dizer.

– Você está tão doente que tenho certeza de que está estéril, se não está impotente também – Anya disse. – Não precisa de camisinhas.

– Posso lhe assegurar que o tumor na cabeça grande não afetou a pequena nem um pouquinho – disse Spence. – Ilonka, eu soube que você vai sair amanhã. Pode parar na farmácia no caminho de volta?

– Eu saí hoje – ela disse, surpresa de que Spence tivesse se esquecido disso, ele que tinha ótima memória para detalhes.

– Ah, é verdade. Não tem problema, então – disse Spence, encerrando o assunto rapidamente. – Vamos começar a minha história. Ela se chama "Sidney incendeia a escola".

– Devemos supor que Sidney está relacionado com o Eddie da noite passada? – questionou Ilonka.

– Primos distantes – respondeu Spence. – Sid ainda estava no colegial quando a história começa. Ele era um veterano e nunca tinha saído com uma garota. Ele era um cara introvertido, mas era um mágico experiente, que se apresentava em algumas ocasiões para os amigos. Sid gostava de uma menina chamada Mary e resolveu mostrar para ela alguns de seus truques, no horário de almoço, na escola, e a moça o achou esplêndido. As palavras dela encheram Sid de confiança, e ele pediu para sair com ela, e Mary disse que sim. No encontro, ele mostrou mais alguns de seus truques, e a garota o convenceu de que deveria fazer uma apresentação para toda a escola. Sid tinha suas dúvidas, mas o entusiasmo de Mary o conquistou. Ela assegurou que eles poderiam até fazer dinheiro com isso; além disso, ele se tornaria um dos garotos mais populares da escola. Sid sempre quis ser popular.

"Mary tinha sido muito popular na escola, mas tinha perdido sua popularidade. No ano anterior, ela era líder de torcida, e muitos garotos da escola pediam para sair com ela. Mas, no final do ano, Mary estava em uma festa e ficou muito bêbada. Voltando para casa com o caminhão do pai, ela bateu em um carro que tinha seis caras do time de futebol americano (incluindo o *quarterback*) e matou todos eles."

– Espere um minuto – interrompeu Ilonka. – O pai dela emprestou o caminhão para a menina ir a uma festa?

– Exato – respondeu Spence. – O homem sabia que a filha bebia e supôs que, se batesse em algo com o caminhão, ela não se machucaria. De fato, Mary não sofreu um arranhão sequer, apesar de ter destruído o núcleo do time de futebol. Obviamente, no ano seguinte, o time foi muito mal, e todo mundo colocou a culpa em Mary. Eles não deixaram nem que ela continuasse como líder de torcida. Então, quando Mary começou a se relacionar com Sid, ela estava bem ressentida.

"Sid, obviamente, sabia sobre o passado de Mary, mas não sabia que ela odiava todos os colegas da escola. Então, ele decidiu seguir com o plano dela de fazer uma grande apresentação de mágica. Mary seria a assistente dele. Vocês sabem que mágicos estão sempre serrando garotas ao meio e coisas desse tipo. Sid precisava de uma menina para apimentar sua apresentação, e Mary se voluntariou para trabalhar com ele todos os dias depois da escola. Vocês podem imaginar as maravilhas que esses encontros fizeram ao ego de Sid. Quando chegou o dia da apresentação, ele estava se sentindo invencível.

"Mas a apresentação foi um desastre. Sid planejou começar levitando Mary a dez pés do chão. Mas o que ele não sabia era que ela queria que ele falhasse, e então sabotou o truque."

– Mas por quê? – interrompeu Anya.

– Escute – disse Spence. – Mary estava a apenas trinta ou sessenta centímetros no ar quando de repente ela caiu em um tapete de espuma que foi colocado debaixo dela. Mas isso não foi o final da apresentação de mágica de Sid, embora não tenham sido poucas as risadas das pessoas da plateia. Os próximos truques foram incríveis, mas esses não envolviam Mary. Justo quando ele estava trazendo a plateia de volta para o lado dele, Sid fez um truque no qual tinha de transferir Mary de uma caixa que estava em pé para outra. Bem, obviamente, Mary não se mexeu. Ela ficou parada na caixa original. Dessa vez, a plateia riu muito, e a confiança de Sid foi abalada. Ele realizou os outros truques sozinho, mas estava tão afetado que fez tudo errado. Quando chegou o momento de Mary voltar para ajudá-lo, a plateia estava vaiando e gritando por tudo o que ele fazia. Mas Sid sabia que poderia se redimir se pudesse executar o seu *gran finale*, que envolvia queimar Mary até as cinzas, reconstruí-la e vê-la aparecer de repente no topo da fileira superior das arquibancadas do ginásio.

"Ele preparou tudo perfeitamente. Sid tinha o fogo ligado embaixo da panela em que Mary estava. Quando ele colocou a tampa, todos exclamaram e se perguntaram como Mary podia estar em uma panela tão quente. Eles exclamaram novamente uns minutos depois, quando Sid removeu a tampa e não havia nada dentro da panela, a não ser um montinho de cinzas. Mas então, quando Sid estalou os dedos para que ela aparecesse, nada aconteceu. Sem que ele soubesse, Mary tinha aproveitado a oportunidade para abandoná-lo. Obviamente, a escola explodiu em risos e vaias. Aliás, algumas pessoas começaram a jogar papeis no Sid. Ele saiu do ginásio em total desgraça.

"Surpreendentemente, Sid não tinha certeza de que Mary o havia traído, especialmente quando ela contou que tinha ficado presa, que o equipamento tinha falhado, e assim por diante. Sem dúvida, Sid se tornava ingênuo quando se tratava de um rostinho bonito. Mas de uma coisa ele tinha certeza: queria se vingar da escola por ter rido dele. Mary não o encorajou diretamente, mas, de um jeito sutil, foi fazendo insinuações de que os estudantes certamente mereciam sentir a ira dele. Sid começou a planejar qual seria a pior coisa que poderia fazer para eles. Então, teve uma ideia. Era horrível, brilhante, algo que apenas Sid poderia inventar. Sabe, no momento em que Mary começou a falar com Sid, ela percebeu que ele era um cara que realmente poderia atacar a escola. Ela o manipulou até chegar a esse momento, a essa decisão, e o cara nem percebeu."

— Se ela era tão esperta para levar o cara até esse ponto – questionou Anya –, por que ela mesma não conseguiu pensar em um plano?

— Aqueles que são realmente espertos sempre usam os outros para realizar o trabalho sujo – Spencer comentou com tranquilidade. – Veja como são os criminosos nos quadrinhos da D.C. De qualquer maneira, Sid decidiu incendiar o ginásio durante uma partida de basquete, quando todos estariam lá dentro. Como era um mágico, Sid naturalmente era um mestre em arrombar fechaduras. Na noite do grande jogo, ele invadiu uma refinaria de óleo e conseguiu roubar um caminhão-tanque que estava transbordando de combustível. Ele chegou ao ginásio quase no final do segundo tempo e estacionou o caminhão em frente a uma das portas dos fundos. Então, deu a volta tranquilamente e bloqueou com correntes as portas do ginásio. Ah, contei que esse era um daqueles ginásios antigos, com uma única fileira de janelas minúsculas, reforçadas com barras de metal, completamente fora de alcance? Vocês sabem do que estou falando. Elas ficam a quase dez metros na parede. Creio que metade dos ginásios no país tem janelas desse tipo. Sid então prendeu a todos lá dentro.

"Agora era a hora da diversão. Sid tinha uma furadeira e fez um furo de quinze centímetros na porta de metal, em uma das extremidades do prédio. O barulho dentro do ginásio era tão ensurdecedor que ninguém percebeu absolutamente nada. Mas aquele mesmo barulho diminuiu, até se tornar um sussurro, quando Sid pegou a mangueira do tanque e começou a lançar uma torrente de gasolina no piso de madeira do ginásio. Ah, sim, acho que seria correto afirmar que o jogo foi interrompido abruptamente.

"Então, começaram os gritos. O odor da gasolina era inconfundível, e é provável que todos os que estavam dentro do prédio perceberam que, se havia um louco lá fora, psicótico o bastante para jogar gasolina lá dentro, ele seria louco o bastante para atear fogo. Todas as pessoas correram para as portas. Os gritos ficaram mais e mais altos, porque não conseguiam abri-las. As pessoas se empilhavam umas em cima das outras, sufocando-se em uma montanha de carne humana. Ao observar pelo mesmo buraco que usava para encher o local de gasolina, Sid de repente sentiu remorso. Ele não era um cara de coração maldoso; tinha apenas sido tão humilhado que se deixou levar. Mas, quando ele viu as pessoas se ferindo, queria parar. Puxou a mangueira do buraco da porta antes que o tanque de gasolina estivesse completamente vazio. Sid estava tentando descobrir como poderia abrir as portas para que todos saíssem sem se complicar, quando sentiu uma pancada na nuca, com algo forte e pesado. Ele foi derrubado e chegou a ver estrelas, tamanha era sua dor. Através do sangue que pingava em seus olhos, Sid viu uma figura colocar a mangueira de volta no buraco da porta e recomeçar o bombeamento da gasolina. Ele tentou se sentar. A figura se virou e riu dele. Era Mary.

"'Sabia que você inventaria algo brilhante', disse ela. 'Mas também achei que ia se acovardar no último minuto.'

"'Mary', ele resmungou. 'Por que está fazendo isso?'

"'Eles mereceram', ela disse.

"Sid tentou levantar-se para detê-la, mas sentia-se tonto e caiu de volta no chão. Ele observou desamparado enquanto Mary terminava de jogar a gasolina e, depois, jogava fora a mangueira. A moça tirou um isqueiro de um bolso e um pedaço de jornal enrolado do outro.

"'Não faça isso!', disse Sid, suplicante.

"'Não se preocupe, não vou contar à polícia que você roubou o caminhão-tanque.' Ela colocou fogo no jornal e o balançou diante dos olhos de Sid. 'E suponho que você não vai contar a ninguém sobre mim.'

"'Vou contar tudo a eles', jurou Sid.

"Mary se ajoelhou ao lado dele, segurando o papel, que pegava fogo, próximo ao rosto do rapaz.

"'Espero que você não tenha dito isso a sério', disse Mary. 'Porque, se disse, vou ter que matar você agora.' A moça se inclinou e lhe tascou um beijo na testa. 'Eu até que gosto de você, Sid, mesmo que seja um nerd.'

"'Não sou um nerd', disse Sid, furioso. Pouco a pouco, estava passando a tontura.

"Mary riu.

"'Sim, você é. Mas é um nerd sensual, e eu nunca tive um desses antes.' A moça pressionou as chamas praticamente no cabelo de Sid. 'Como vai ser, querido?'

"'Não vou dizer nada se você continuar trabalhando comigo no meu *show* de mágica', disse Sid.

"'Combinado', respondeu Mary.

"Ela se levantou e jogou o papel queimando pelo buraco na porta. Os gritos do lado de dentro de repente ficaram mais altos, tão altos que literalmente balançavam as paredes da construção.

"'Mil fãs incondicionais, que se matariam por mim', Mary disse, admirada, em voz alta.

"Ela ajudou Sid a se afastar do ginásio e a voltar para o carro dela, enquanto os lamentosos gritos lentamente começaram a silenciar, e o edifício começou a colapsar. A distância, Mary e Sid ouviram os caminhões de bombeiros que se aproximavam. Mas o casal já estava longe quando eles chegaram."

Spence parou de falar e tomou um gole de vinho.

– É isso? – perguntou Ilonka. – Eles se safaram?

– Não exatamente – respondeu Spence. – Um ano depois, Sid estava fazendo *show* de mágica em um clube, no outro lado da cidade. Ele tinha começado a trabalhar regularmente com Mary, depois de sair do colegial. O relacionamento deles ia bem, se considerarmos o sexo (Mary podia transar seis vezes por dia e ainda se sentir carente), mas ela estava sempre incomodando Sid com sua constante necessidade de estar no controle. Ela escarnecia dele, dizendo que podia entregá-lo à polícia a qualquer momento, que ninguém acreditaria que uma adorável ex-líder de torcida como ela havia incendiado completamente o grupo de alunos. Ela só não entendia que havia mais em Sid do que aparentava haver. Uma noite, no clube, ele prendeu Mary naquela caixa especial que os mágicos usam quando supostamente cortam as pessoas pela metade. Mas, dessa vez, ele tinha arrumado a caixa de forma que Mary de fato ficou presa de corpo inteiro. Quando a lâmina começou a cortar sua carne, ela começou a gritar, mas a audiência, é claro, pensou que isso fosse parte do *show*. Mesmo quando o sangue começou a escorrer no chão, a multidão não entendeu o que havia de errado. Sid separou a caixa, e ficaram expostas as duas metades de Mary, duas metades ensanguentadas. E, naquele momento, ela já tinha parado de gritar.

Spence parou novamente de falar.

– Ele escapou da acusação de assassinato? – questionou Ilonka.

– É claro! – respondeu Spence. – Ele só disse para a polícia que não entendeu o que tinha dado errado, pois tinha feito esse truque dezenas de vezes com sucesso. Sid finalmente ficou famoso num grande *show* de mágica em Las Vegas. Creio que ele está lá até hoje. – Spence fez uma pausa e sorriu. – Essa é minha história para esta noite.

– Acho que foi bem quente – comentou Ilonka. – Sem trocadilhos.

– Gostei da ideia de ter pessoas presas no ginásio com a gasolina derramando – disse Kevin. – Me fez lembrar da sua história da Torre Eiffel, pois cada história usa uma única imagem poderosa. Você tem um talento nato para escrever roteiros para o cinema, Spence.

– Obrigado – respondeu Spence, satisfeito.

Ilonka sabia que o amigo buscava em especial pela aprovação de Kevin, pois este era claramente o mais inteligente do grupo.

– Todas as pessoas que estavam no ginásio simplesmente morreram? – perguntou Sandra. – Isso é meio repugnante.

– *Repugnante* é meu segundo nome – agregou Spence com orgulho. – Algum comentário? – disse ele, encarando Anya.

Anya estava obviamente retraída e sentindo muita dor.

– Não – respondeu ela.

Spence pareceu preocupado pelo comentário de Anya.

– Ao menos me diga se gostou ou não – ele pediu.

– Sinto muito, eu viajei e parei de ouvir – respondeu Anya, e essas palavras eram o maior insulto que ela poderia ter feito ao amigo.

A única regra do Clube da Meia-noite era que cada contador de história receberia dos outros a mais absoluta atenção. Mas Spence não pareceu tão insultado quanto pareceu nervoso. Ainda assim, não disse mais nada.

Kevin queria ir por último, então Ilonka seria a próxima. A jovem começou dizendo que tinha outra história de vidas passadas.

– Ela se passa na Índia Antiga – disse ela. – Não sei quanto tempo atrás, mas muito antes dos registros históricos. Meu nome naquele tempo era Padma, que significa flor de lótus. Mas não vou começar a história comigo, mas com minha mãe, antes do meu nascimento. O nome dela era Parvati, que era um dos muitos nomes para a grande deusa. Quando Parvati tinha em torno de dezoito anos, conheceu um homem chamado Visnu e imediatamente se apaixonou por ele, e ele, por ela. Infelizmente para os dois jovens amantes, eles não pertenciam à mesma casta. Parvati era uma brâmane, a casta mais alta, que era destinada aos sacerdotes, e Visnu era um sudra, que era a casta dos trabalhadores. Naquele tempo, era proibido o casamento entre pessoas de castas diferentes. É difícil imaginar como essa regra era seguida estritamente, mas até mesmo hoje em dia, em certas partes da Índia, as pessoas não podem nem imaginar se casar com alguém de fora de sua casta. A união de um sudra com um brâmane era particularmente proibida; era como colocar o mais alto junto do mais baixo.

"Parvati e Visnu sabiam que estavam destinados a ficar juntos, mas tinham medo de fugir e tentar começar uma vida em outro lugar. Eles também não queriam magoar suas famílias. Então, decidiram que simplesmente não podiam mais se encontrar. Visnu foi embora daquela região, e arrumaram um marido apropriado para Parvati. Casamentos arranjados eram a norma naqueles dias.

"Na noite antes do casamento, Parvati estava profundamente angustiada. Ela havia conhecido o futuro marido e, embora ele fosse um bom homem, sabia que jamais sentiria por ele um décimo do que sentia por Visnu. Antes de ir para a cama, ela se ajoelhou e rezou para o grande deus Shiva, pedindo que ele a levasse deste mundo de desespero. Ela não estava bem de saúde e sabia que não precisaria de muito para chegar ao limite. A jovem rezou por muito tempo e não parou até que ouviu um ruído na rua, que entrava por sua janela. Havia uma matilha de quatro cães reunida ao redor da fonte, no jardim da família, bebendo água. Parvati não sabia como os cães tinham conseguido entrar no pátio, pois o portão era trancado à noite. Ela se apressou e foi até o pátio, para ver se um portão tinha sido deixado aberto, e foi então que viu o *siddha* (um iogue iluminado) sentado junto à água, e os cães lambiam as mãos dele. Parvati sabia que estava diante da presença de alguém superior, por causa da incrível sensação de amor e poder que emanava do homem. O *siddha* mandou que os cães se sentassem e ficassem quietos, e fez sinal para que Parvati se aproximasse. Ela se perguntava se não era o próprio Shiva que tinha ido até ela, pois era bem sabido que Shiva gostava de perambular sobre a Terra na companhia de cães. Com as palmas das mãos unidas em uma atitude de oração, Parvati ajoelhou-se aos pés do *siddha*. Ele tirou uma joia amarela das dobras de seu robe e entregou a ela. E falou com voz suave:

"'Esta joia é um símbolo do seu amor por aquele que você acha que perdeu. É um símbolo do amor dele por você. Enquanto este amor viver, você vai viver neste mundo.'

"'Mas eu não quero viver sem o amor dele', disse Parvati.

"'Ele é parte de você, e você é amor', disse o *siddha*. 'Lembre-se do que lhe disse.'

"Então, ele se levantou com os cães e saiu do pátio caminhando. Naquela noite, Parvati fez um broche especial com a joia e a usava debaixo do sari, perto de seu coração. No dia seguinte, ela se casou com um homem chamado Raja, que era meu pai. Raja nunca soube de Visnu ou da visita do *siddha*, pelo menos não a princípio.

"O tempo passou, e eu nasci, cresci e me tornei moça. Quando estava com dezesseis anos, a mesma idade que minha mãe tinha quando conheceu Visnu, conheci um homem chamado Dharma e me apaixonei completamente. Para mim, Dharma era tudo, a luz do sol e da lua, o vento que soprava entre as árvores. Eu o amava muito, era como se estivesse apaixonada pelo próprio Deus, tão grande era minha devoção. Mas, infelizmente, Dharma também era um sudra, e não havia possibilidade de que eu me casasse com alguém de uma casta inferior. Mas eu era diferente da minha mãe. Disse aos meus pais que ia me casar com ele e que nada me deteria. Jurei que morreria antes de deixar que alguém me fizesse desistir. Naturalmente, meu pai ficou chocado e horrorizado com a minha declaração. Na Índia Antiga, uma filha simplesmente não falava dessa forma com o pai. Minha mãe tentou intervir, mas ele me trancou no quarto e não me deixou sair. É interessante que, enquanto tudo isso estava acontecendo, eu não tinha a menor ideia do que minha mãe tinha passado quando tinha minha idade. Mas eu tinha a joia amarela que o *siddha* havia dado a ela presa a uma corrente de ouro, sempre próxima ao meu coração. Minha mãe havia me dado no meu aniversário de dez anos e me dissera para sempre a ter por perto, porque era mágica.

"Ao mesmo tempo, minha avó materna foi até nossa casa e contou à minha mãe sobre um sonho que teve quando minha mãe conheceu Visnu.

Minha avó disse a ela: 'No sonho, eu descobri que você estava destinada a estar com aquele rapaz, que ele era o escolhido para você, ainda que pertencesse a outra casta. Mas eu tive medo de contar e de que você se casasse com ele e trouxesse desgraça para toda a família. Sinto que é o mesmo para a pobre Padma e o amigo dela: eles estão destinados um ao outro.'

"Minha mãe ficou chocada, pois a minha avó jamais deu qualquer indicação de que sabia algo a respeito de Visnu. Mas minha avó sabia muitas coisas. Contou à minha mãe que sabia até mesmo do paradeiro de Visnu. Minha mãe implorou que minha avó lhe indicasse onde ele estava, e a velha mulher o fez, ainda que relutante, porque ela tinha o dom da profecia e sabia quanta tristeza esse reencontro lhe causaria. Ela advertiu minha mãe sobre isso, mas minha mãe decidiu ir se encontrar com Visnu de qualquer maneira. Como não iria?

"Minha mãe o encontrou como um homem pobre e sem sucesso. De fato, Visnu estava vivendo nas ruas, e fazia dias que não comia. Ela tinha levado nozes e frutas e o alimentou enquanto eles conversaram. Visnu disse a ela como estava feliz por vê-la novamente e perguntou sobre a família. Quando minha mãe contou que tinha uma filha que estava passando pela mesma situação que eles quando eram jovens, Visnu foi compreensivo. De fato, ele sentiu como se estivessem conversando sobre a filha deles. Perguntou se ele poderia me ver, e minha mãe disse que a única maneira de lhe garantir esse pedido era se ele fosse à nossa casa como alguém buscando trabalho. Visnu concordou. Ah, esta parte é importante: minha mãe contou a Visnu sobre a visita do *siddha* e a pedra mágica que ele tinha lhe dado. Visnu compreendeu o significado profundo das palavras do *siddha*. Ele jamais deixara de amar Parvati, mesmo que sua vida tenha sido muito dura e solitária.

"Visnu se dirigiu para nossa casa, enquanto minha mãe foi passar alguns dias na casa da minha avó. Mas, quando Visnu chegou, meu pai disse a ele que não precisava de nenhum trabalhador. Diante dessa resposta, Visnu confessou que ele conhecera Parvati quando era jovem. Na verdade, ele contou ao meu pai toda a história; Visnu tinha uma alma tão pura que era incapaz de mentir. Como vocês podem imaginar, meu pai não ficou contente ao ver o antigo amor da esposa bater à sua porta, especialmente pedindo para ver a filha dele. Ele ordenou que fosse embora e, quando Visnu partiu, meu pai veio com toda a violência para meu quarto. Ele pediu que eu entregasse minha joia amarela e a arrancou da minha mão. Então, trancou minha porta. Naquele momento, eu não sabia o que estava acontecendo.

"Meu pai retornou não muito tempo depois, trazendo más notícias. Minha mãe tinha morrido. Parece que ela subitamente entrou num estado de coma, praticamente na mesma hora em que meu pai arrancou a joia da minha mão. Minha avó tinha nos trazido a notícia.

"Naquela noite, meu pai teve um sonho, que eu nunca ouvi por completo, mas que o fez compreender a conexão entre a pedra preciosa do *siddha* e a morte da esposa. Eu sei que ele questionou minha avó sobre a joia, e ela contou o que sabia. O que sei por certo é que meu pai de repente estava ansioso para que eu pegasse a joia de volta e a usasse, para que eu também não morresse. Mas, quando soube de tudo que aconteceu, e o que minha avó tinha a dizer, entendi a situação com ainda mais clareza. Eu me recusei a pegar a joia de volta, a não ser que ele concordasse com meu casamento com Dharma.

"'Você não percebe?', eu disse ao meu pai. 'Não era a joia que mantinha minha mãe viva, mas o laço de amor que ela tinha com Visnu. Quando você, na sua ira, tomou a joia de mim e o mandou embora, você tentou romper esse laço. Foi quando ela morreu. E eu, da mesma maneira, ainda que use essa joia constantemente, será como se tivesse morrido, se você não me deixar casar com o Dharma. A única magia da pedra preciosa é o amor que trazemos para ela.'

"Meu pai então me confessou um medo. Ele disse:

"'Se você se casar com ele, vai partir, e eu não terei ninguém para tomar conta de mim na minha velhice.'

"Naqueles dias, os filhos tomavam conta de seus pais idosos. Não havia ninguém mais para fazer isso, então eu disse:

"'Ainda que eu me case com o Dharma, prometo ficar com o senhor até o dia que eu morrer.'

"Isso fez a alegria do meu pai.

"Mas ainda tínhamos o problema das nossas castas. Todo o vilarejo ficaria furioso se soubesse de nossa união. Mas tínhamos uma vantagem: Dharma era de uma região distante. Ninguém em minha cidade o conhecia ou tinha informações sobre sua família, e meu pai nos aconselhou a dizermos que Dharma era um brâmane. Isso certamente era mais fácil de se falar do que se fazer, pois um brâmane aprende muitas coisas desde o nascimento que um sudra jamais tem conhecimento, como realizar os sacrifícios *hotri*, entoar o mantra *Gayatri*, e assim por diante. Mas meu pai afirmou que ensinaria a Dharma todas essas coisas. Mas Dharma, por sua parte, estava relutante em mentir. Como o Visnu, ele tinha uma natureza pura. Mas eu disse a ele que era melhor mentirmos e ficarmos juntos do que nunca mais nos vermos. Finalmente, Dharma disse que se tornaria um brâmane.

"Então, nos casamos, e as coisas deram certo no início. Minha alegria por estar junto ao Dharma apagou qualquer temor que pudesse ter de sermos descobertos no futuro, ou pelo menos o eclipsou. Meu pai começou a ensinar a Dharma tudo que sabia sobre como ser um brâmane, e Dharma aprendeu rapidamente. Parecia que todas as coisas saíam de acordo com o planejado. Mas, de repente, meu pai ficou doente e morreu. Naquele mesmo tempo, descobri que estava grávida. O momento era lastimável, pois tanto Dharma quanto eu sabíamos que era exigido que o pai de uma criança realizasse uma série de *pujas* públicos, ou cerimônias, no momento do nascimento do bebê, em particular se fosse um menino. Dharma não estava pronto para realizar os rituais. Não havia ninguém em quem confiássemos o bastante para pedir que ensinasse a ele. Em segredo, Dharma estudava os sagrados Vedas e tentava aprender o que era preciso, mas a maior parte da tradição dos Vedas era passada de forma oral. Só havia uma quantidade limitada de ensinamentos que podia aprender dos livros.

"Chegou o dia em que nosso filho nasceu, um menino, a quem chamei de Bhrigu. Ele era uma criança incrível: mesmo em sua infância, ele exalava grande paz e luz. Todo o vilarejo se reuniu para testemunhar a realização dos *pujas*, em honra à chegada de Bhrigu a este mundo. Dharma organizou tudo e iniciou a cerimônia com bravura. Mas não demorou muito para que corresse um murmúrio entre a multidão ali reunida. Dharma não estava fazendo os *pujas* de forma correta, exclamaram os anciões. Sua pronúncia dos mantras e seus movimentos nos rituais estavam incorretos. O povo bradava que não havia possibilidade de ele ser um brâmane, e que nossa união deveria, dali em diante, ser considerada pecaminosa.

"Estávamos em uma verdadeira enrascada. Eu estava sentada em meio a tudo isso, com o pequeno Bhrigu nos braços, e Dharma fitava-me como se soubesse que jamais deveria ter concordado com essa mentira. Os aldeões não iriam nos apedrejar até a morte; eles não eram tão bárbaros a esse ponto. Mas nos expulsariam do vilarejo, sem comida ou outras provisões, e o resultado final seria provavelmente o mesmo que o apedrejamento. Certamente seria muito difícil que Bhrigu e eu sobrevivêssemos na selva. Naquele tempo, havia muitos tigres vivendo nas florestas próximas. Tudo parecia perdido.

"Mas, naquele momento, um homem incrível chegou à vila caminhando. Eu nunca o tinha visto, mas, intuitivamente, o reconheci como sendo o *siddha* que minha mãe conhecera na noite anterior ao casamento dela. Trazia consigo uma aura de completa autoridade e graça. O homem caminhou até o centro do *puja* e se postou ao meu lado, colocando uma mão na minha cabeça, e a outra, na criança. Então, se dirigiu à população:

"'É bem verdade que Dharma não é um brâmane por nascimento e que este casamento, e por conseguinte esta criança, não são sancionados pelos hinos dos Vedas. Mas os Vedas são muito mais que hinos, muito mais que quaisquer palavras. Eles são as expressões do divino, do amor, e, quando Padma e Dharma se conheceram, seu amor foi tão forte que eles estavam dispostos a arriscar tudo, até mesmo suas vidas, para ficarem juntos. Tal era o poder de seu amor. Tal era o poder da graça divina em suas vidas. E só pela graça foi possível que essa criança nascesse para eles, essa criança que vocês querem mandar embora.'

"O *siddha* parou de falar, segurou Bhrigu e o ergueu para que todos o vissem.

"'Este menino vai crescer para ser um grande profeta. Sua missão especial será trazer às pessoas a verdadeira compreensão dos Vedas. Ele ensinará o amor divino e despertará o conhecimento de Deus nos corações de homens e mulheres por todos os lugares. Ele ensinará todas as pessoas, independentemente da casta. De fato, ele irá reformular muito do que hoje vocês compreendem por casta.' O *siddha* sorriu para o pequeno Bhrigu. 'Esta criancinha vocês um dia chamarão de Mestre.'

"Então, o *siddha* me devolveu meu filho Bhrigu, encarou Dharma e a mim nos olhos, e então foi caminhando e partiu. Dizer que os aldeões ficaram abalados era pouco. O *siddha* falou com tamanha autoridade, e era tão obviamente um homem iluminado, que eles não nos incomodaram mais. Eles nos deixaram em paz, embora não fossem amigáveis. Mas eu não me importava. Eu tinha meu marido e meu filho, e estava contente, mais e mais a cada ano que passava. Pois tudo que o *siddha* havia predito tornou-se realidade. Meu filho cresceu e se tornou um grande santo, e eu me tornei sua primeira discípula, e ele ensinou a mim e ao mundo muitas coisas, e uma das principais coisas foi que todas as pessoas são iguais. Foi esse Mestre, meu filho, que conduziu um grande reavivamento espiritual que ocorreu em toda a Índia, naqueles tempos de outrora. Até hoje, o nome de Bhrigu pode ser encontrado nos Vedas."

Ilonka parou de falar e reclinou-se na cadeira.

Todos a estavam encarando. Spence foi o primeiro a falar.

— Como você sabe todas essas coisas sobre os Vedas? — indagou.

— É uma lembrança — Ilonka respondeu com simplicidade.

— Você já estudou cultura indiana antiga? — perguntou Kevin.

Ilonka deu de ombros.

— Li alguns livros a respeito do assunto, mas há coisas na minha história que não estão nos livros.

— Então como você sabe que essas informações são precisas? — questionou Spence.

— Eu presumo que são — afirmou Ilonka.

— Você leu esses livros antes de recordar essa vida ou depois? — perguntou Spence.

Ilonka deu uma risadinha.

— Sei o que vocês estão se perguntando. Se eu me lembro de coisas da vida passada que sou capaz de verificar de forma independente? A resposta é... não tenho certeza. Eu li alguns livros sobre a Índia quando era pequena. Mais recentemente, li sobre isso, depois de ter essas experiências com vidas passadas. Os conceitos que aprendi nos livros e as coisas das quais tenho lembrança estão borrados em minha mente, mas sei que tenho uma compreensão sobre a Índia Antiga que os autores dos livros não têm. — Ilonka fez uma pausa. — Isso faz algum sentido?

— Eu gostaria de chamar a atenção para alguns pontos específicos — disse Spence. — Por exemplo, esse seu filho... Bhrigu. Você disse que o nome dele está nos Vedas?

– Isso mesmo. Posso mostrar a vocês.

– Você já viu o nome antes de ter essa lembrança da vida passada? – perguntou Spence.

– Acho que não. O nome dele só me veio à mente, tudo sobre ele.

– Você acha que não, mas não tem certeza? – indagou Spence.

Ilonka bocejou. Ela estava feliz por ter terminado sua história; sentia-se exausta.

– Não tenho como jurar sobre isso. Talvez tenha visto o nome em algum livro e tenha esquecido. Foi o que eu disse, não estou certa de que essas histórias se passaram em uma vida passada; apenas tenho a sensação de que sim. Podem ser simplesmente produtos da minha imaginação.

– Para que serve toda essa análise? – Sandra questionou, e em suas palavras havia uma pontinha de censura. – Vamos apenas nos divertir e partir para a próxima história.

– Gostei muito da sua história, Ilonka – Anya disse baixinho, com a cabeça pesando no peito. – Me deixou comovida.

– Foi lindo – Kevin concordou. – Tem certeza de que você era Padma, e não outra pessoa na história?

Ilonka sorriu. Kevin tinha feito a mesma pergunta na noite anterior.

– Quem mais eu poderia ser, se não fosse a heroína? – indagou ela.

Kevin sorriu ao ouvir a pergunta. O rapaz tomou um gole de água – tinha bebido apenas um pouco de vinho – e pigarreou. Ilonka estava ansiosa para que ele continuasse "O espelho mágico", a história de Hermes e Teresa.

– Quando Hermes saiu do Louvre com Teresa, percebeu que não tinha outro lugar para ficar senão com ela. Apesar de Teresa estar apaixonada por ele, não tinha se dado conta de que, quando o convidou para acompanhá-la, ela estava ganhando um colega de quarto. Teresa também não tinha casa, estava hospedada num *hostel*. Você pode dormir ali à noite, pagando bem pouco, mas tem que ir embora às nove da manhã e não pode voltar até o pôr do sol. Essas hospedarias estão quase sempre lotadas e são desconfortáveis, e essa onde Teresa estava ficando era particularmente pequena. Além de tudo isso, Hermes, é claro, não tinha nem um centavo, nem de dólar, nem de euro. Não tinha nenhuma roupa, exceto aquelas com as quais estava vestido. Teresa estava perplexa com o fato de ele não ter nada, mas estava tão apaixonada que decidiu ajudá-lo da melhor maneira possível. A jovem ficava feliz de apenas estar com ele, pois a alegria de Hermes era algo incrível. Teresa sabia que não ia demorar para que Hermes fizesse seu nome como um artista famoso. Mas não estava com ele por causa disso, embora o fato lhe houvesse passado pela cabeça um bom par de vezes, o que era natural; ela era, afinal de contas, uma moça que precisava de certa estabilidade na vida.

"Na pousada, Teresa teve de pagar para os dois. Pela manhã, teve que comprar o desjejum. Hermes realmente queria comer alguma coisa agora, pois, apesar de ter comido com Teresa no Louvre, tinha sido por educação, não porque estava com fome. Nesse momento, ele estava faminto. Hermes comeu com grande satisfação, pois toda a comida lhe parecia saborosa.

"Teresa decidiu que a prioridade era arrumar um trabalho para Hermes. A moça levou o artista para um estúdio de arte, onde as pessoas encomendavam pinturas de si mesmas e de suas famílias. Mas Hermes não tinha amostras de seu trabalho que o dono do local pudesse analisar. Ele não podia apontar para um Da Vinci e dizer que era um de seus trabalhos. O homem disse a Hermes que voltasse quando tivesse algo para mostrar, o que deixou Hermes satisfeito. Mas Teresa ficou desapontada. Suas parcas economias estavam acabando rapidamente.

"Mas Paris é uma cidade maravilhosa para os artistas, e, caminhando pelas ruas, Hermes notou muitos pintores fazendo retratos nas calçadas. Ele disse a Teresa que gostaria de fazer isso para viver. Hermes gostava de estar lá fora: o ar fresco, a queda da chuva, os pássaros cantando nas árvores, tudo aquilo era um deleite para ele. O único problema era que, para comprar materiais para Hermes, eles iam ter que gastar o restante do dinheiro de Teresa. Mas a fé que ela tinha nele era tão grande que Teresa comprou tudo de que ele precisava: um cavalete, um banco, alguns pincéis, tintas a óleo e telas. Hermes dispôs seu cavalete em uma esquina movimentada, não muito distante do Louvre. Apesar de estar feliz por estar fora do museu, Hermes gostava de olhar para ele. Era uma visão que lhe transmitia segurança, de uma forma que ele não compreendia por completo.

"O rapaz rapidamente atraiu clientes, pois sua habilidade era suprema, e sua personalidade, extremamente agradável. Notícias sobre ele se espalharam, e Hermes conseguiu bastante trabalho, mas não ganhava muito dinheiro. Se Paris era um refúgio para artistas, era também um dos lugares mais competitivos da Terra para eles mostrarem seu trabalho. Hermes conseguia produzir excelentes retratos, mas era forçado a pintá-los com rapidez. Não era essa a maneira como ele estava acostumado a trabalhar. No passado, ele sempre tinha moldado as pinturas lentamente. Como consequência de estar trabalhando com pressa, a qualidade do trabalho diminuiu, ainda que tivesse uma técnica muito superior ao que estava sendo feito pelos outros artistas. Depois de alguns meses trabalhando nas calçadas, Teresa economizara dinheiro suficiente para abrir um estúdio para ele. Era Teresa quem tomava conta de todos os detalhes do negócio; Hermes não tinha cabeça para dinheiro. Mas ele estava feliz com sua vida. Ele ainda estava profundamente apaixonado por Teresa. Beijá-la, tocá-la, fazer amor com ela, essas coisas lhe eram tão novas e empolgantes que Hermes nunca, em nenhum momento, se arrependera de sua decisão de se tornar mortal.

"Com um estúdio, ele conseguiu entrar numa rotina, o que não colaborou para seu trabalho. Ele sentia falta de estar na rua, e o jovem logo se cansou de pintar retratos simples. Hermes era um ex-anjo, que ajudara a inspirar as grandes pinturas conhecidas pela humanidade, e queria diversificar e pintar outras coisas, mas Teresa lhe disse que não era possível. Ele tinha clientes marcados com meses de antecedência, e Teresa recebera os depósitos dessas pinturas encomendadas, ele tinha que pintá-los: fim de papo. Hermes seguiu o conselho dela, porque compreendia que a namorada sabia muito mais sobre o mundo do que ele. Além disso, ele não gostava de discordar de Teresa, porque ela era teimosa e ia argumentar até conseguir fazer as coisas do jeito dela.

"Durante esse tempo, os dois começaram a ganhar uma grana substancial, ainda que estivessem longe de ser considerados ricos. Teresa encontrou um bom apartamento para eles, no bairro mais rico da cidade, e o mobiliou com antiguidades. Hermes continuou trabalhando todos os dias, quase sempre também aos finais de semana, e pintava um retrato após o outro. Então, pela primeira vez, Hermes começou a receber reclamações sobre seu trabalho. As pessoas não ficavam mais impressionadas com tudo que ele fazia, por razões diversas. Ele tinha passado a cobrar mais pelo trabalho, ou tinha sido Teresa, e naturalmente as exigências dos clientes também aumentaram. Essas pessoas esperavam receber mais em retorno. Além disso, como já mencionei, ele tinha muitos clientes e precisava se apressar. Por fim, e essa era provavelmente a principal razão, Hermes estava começando a se sentir estagnado e sem inspiração. Eram as qualidades ocultas que ele sempre acentuava em seus modelos que tornava seus retratos tão especiais, mas agora pintava apenas aquilo que era visto na superfície.

"Teresa ouvia as reclamações e, por sua vez, reclamava para Hermes, dizendo que ele tinha de fazer o melhor. Mas, quando o ex-anjo disse que precisava de uma mudança de cenário, ela se abriu à ideia. Teresa ainda não tinha desistido de seu sonho de ir para a América e sugeriu para Hermes que eles deveriam se mudar para Nova York. Ele estava encantado, ainda que isso significasse que estaria deixando o Louvre, provavelmente para sempre. Hermes continuava voltando ao museu quando não se sentia bem e caminhava pelos longos corredores contemplando as glórias passadas. Hermes ainda amava Teresa como antes, e via que ela também o amava, mas não se sentia feliz como no dia em que saiu do museu. Questionava-se se era porque o amor deles tinha perdido muito de sua espontaneidade, seu entusiasmo. Hermes não sabia por que não conseguia mais enxergar o que havia no coração de Teresa (nem no coração de ninguém mais) tão bem quanto conseguia no passado.

"Eles venderam o estúdio e o apartamento, se mudaram para Nova York e, por um tempo, as coisas ficaram melhores entre o casal. Hermes não estava trabalhando no início, e eles conseguiam passar mais tempo juntos. O romance do casal experimentou um breve reavivamento, mas então, de repente, tudo foi por água abaixo. Teresa não estava acostumada a ter Hermes à sua volta o tempo todo, e ele tinha adquirido o mau hábito de ficar muito apegado a ela, que não conseguia suportar isso. É claro, Hermes apenas começou a ficar grudento quando sentiu que ela estava se afastando. Ele não tinha outra experiência em relacionamento humano. Pensava que a melhor maneira de lutar contra o amor enfraquecido era depositar mais amor na vida dela. Mas isso o fazia agir de forma tensa quando Teresa estava por perto, e o grande encanto de Hermes sempre tinha sido sua espontaneidade natural, sua atitude relaxada em todas as situações. Agora, esse encantamento estava acabando, e ele não sabia como agir.

"Teresa queria que Hermes voltasse a trabalhar, mas o rapaz estava relutante em pintar retratos. Queria sair para a rua e capturar as diversas complexidades naturais que a Terra tinha a oferecer. Queria também tentar mais pinturas abstratas. Esse desejo fez que ele se colocasse numa competição com outros milhares de artistas em dificuldades na América. Ele estava desistindo de sua área de expertise por causa de seus ideais. Não é preciso dizer que a decisão não deixou Teresa muito animada. Ela argumentava que eles estavam vivendo usando as economias, e que ela se recusava a voltar a viver de forma precária. De fato, Teresa dizia que Hermes tinha uma dívida com ela, que ela tinha dado a ele um começo quando ele não tinha nada. Hermes era incapaz de responder a essas acusações, exceto se retraindo mais e mais. Ele começou a sair para longas caminhadas pela cidade de Nova York tarde da noite. Muitas vezes não voltava para casa antes que o sol estivesse no alto.

"Mas, uma noite, ele voltou mais cedo e descobriu que Teresa não estava sozinha. Apesar de tudo que tinha acontecido desde que deixara o Louvre, Hermes ainda era incrivelmente ingênuo. Ele jamais imaginaria que Teresa podia querer outro homem. Ele voltou para casa para encontrar a única mulher que tinha amado, e ela estava na cama com outro homem."

– Que horror – sussurrou Anya, e era quase como se falasse involuntariamente. Ilonka encarou a amiga, mas Anya não olhou para ela, baixando a cabeça como se estivesse mergulhada em seus pensamentos.

Kevin assentiu.

– Foi um pesadelo para Hermes. Ele viu o homem, mas seu olhar estava focado apenas em Teresa. Mas o que ela poderia dizer? Teresa só disse um palavrão e virou a cara para o outro lado. Hermes não sabia o que fazer; então, saiu do apartamento. Em todo o tempo, desde que se tornara mortal, Hermes convivia com uma luz em seu coração, que guiava seus movimentos. Mas agora essa luz se extinguira, e Hermes achou a escuridão insuportável. Ele vagou por bairros de Nova York onde jamais estivera, lugares onde era fácil comprar uma faca no mercado ilegal, bem como um punhado de drogas. Hermes ansiava que alguém o atacasse, atirasse nele, o esfaqueasse, o tirasse daquela angústia. Mas ninguém chegou perto dele, pois estava em total situação de desespero. Era como se não fosse mais humano, como se fosse meramente um espectro do submundo, enviado para assombrar a humanidade. Sentia-se, dessa forma, uma mácula no planeta. Hermes caminhou até chegar à Ponte do Brooklyn, e foi até o centro dela, que passava sobre a água congelada pelo inverno. Ele subiu no parapeito e olhou para baixo. Hermes não viu nada embaixo de si, exceto a escuridão, e não sentiu nada acima da cabeça. Decidiu não clamar por Deus nem rezar pedindo alívio. Ele se encontrava além do ponto de se importar, ou foi o que pensou. Planejava se matar e acabar logo com aquilo.

"Ainda assim, pouco antes de pular, Hermes recordou-se do dia em que saiu do Louvre pela primeira vez: sua alegria, sua empolgação e, principalmente, seu amor. E perguntou-se para onde tinha ido tudo aquilo, se Teresa estava tão relacionada com o que ele tinha perdido como pensava. Pois Hermes compreendeu, naquele momento, que era seu amor que tornara Teresa incrível aos seus olhos. Compreendeu que era algo dentro dele, e não apenas as circunstâncias externas, que tinha mudado. Mas o que tinha sido essa mudança? Parecia óbvio. Ele fora um anjo e se tornara mortal. Tinha sido divino e se tornara humano. Mas Hermes se perguntou, enquanto estava no parapeito da ponte, acima da água congelada, se era possível para um humano se tornar divino, se essa era uma via de mão dupla. Era um pensamento engraçado, que nunca tivera antes, mas que o tocou em uma parte profunda de seu ser. Sim, sentiu que tinha uma alma novamente. Hermes desceu do parapeito e voltou para a parte principal da ponte. Ele olhou para o céu, observando as estrelas brilhantes através da bruma sobre a cidade, e sentiu-se abençoado.

"Hermes saiu da ponte. Ele foi redescobrir o que tinha perdido. Partiu para se reencontrar."

A voz de Kevin começara a falhar, e ele descansou a cabeça no braço em cima da mesa por um instante. Ilonka o observou ansiosa, até que Kevin ergueu-se e sorriu para todos, e alcançou o copo para tomar um gole de água.

– Isso é tudo por hoje – disse ele.

– Você não poderia terminar a história? – pediu Anya, com surpreendente sentimentalismo na voz. – Por favor?

Kevin meneou a cabeça e tossiu.

– Não creio que conseguiria, mesmo que quisesse. Estou cansado.

Ilonka bocejou novamente, tão alto que ficou envergonhada.

– Também estou exausta. Sinto que poderia dormir nesta cadeira. Deu um tapinha no braço de Kevin em sinal de aprovação. – Estou contente que você tenha sido o último. Quem poderia competir? Foi uma história fabulosa.

– Ela vai acabar em final feliz? – Anya questionou, sem desistir.

– Se eu lhe contar o final, você não vai ter nada para esperar ansiosamente – respondeu Kevin.

Anya o encarou estranhamente, quase como a dizer: *eu realmente não tenho tempo para esperar.*

– Hermes parece o tipo de cara que se beneficiaria grandemente com meu aconselhamento – disse Spence.

– Eu amo o Hermes – disse Sandra, brincando com o copo de vinho. – Ele me faz lembrar o Dan. Os dois amam a natureza.

– Ah, caramba – disse Spence.

Ilonka não estava exagerando quando mencionou sua exaustão. A pesada mão da fadiga estava sobre sua cabeça, cutucando profundamente o centro de seu cérebro com os dedos. Aquele cansaço a surpreendeu, pois, afinal, ela tinha tirado uma soneca naquela tarde. Ilonka percebeu que a ida até o hospital e o confronto com Kathy mexeram mais com ela do que tinha percebido. Continuava preocupada que Kevin pudesse descobrir o que ela dissera para Kathy. Ainda assim, quando ele olhou para ela durante a noite, havia apenas afeto em seus olhos. Kevin ainda estava olhando para ela agora.

– Você vai me acompanhar até em casa esta noite? – ele questionou.

Ilonka sorriu.

– Hoje é sua vez, cara.

Assim que as palavras saíram de sua boca, Ilonka se arrependeu. Kevin não tinha forças para acompanhá-la até o segundo andar. Ela se apressou a tocar novamente o braço de Kevin.

– Tudo bem. Eu quero acompanhá-lo até seu quarto.

– Não vão ficar até tarde – Spence os advertiu.

Ilonka se levantou.

– Pode deixar, papai.

– Gostaria de trocar umas palavras com a senhorita antes de você sair – Spence disse para Anya.

– Empurre minha cadeira até meu quarto – respondeu Anya. – Boa noite, Sandra. Estou contente que você tenha transado pelo menos uma vez em sua vida. Boa noite, Kevin. Espero que seu Hermes consiga suas asas de volta, antes que a lama deste mundo o rebaixe ainda mais. – Anya de repente olhou ao redor do escritório. – Tem sido maravilhoso nos reunirmos aqui – ela disse com sentimento.

– Teremos uma excelente reunião amanhã à noite – Spence afirmou a ela, com expressão séria.

Anya piscou, com o olhar distante.

– Ah, sim, amanhã.

Kevin estava tendo dificuldades para caminhar, um inesperado efeito da leucemia. Ele comentou que tinha acordado naquela manhã com uma dormência na perna esquerda, e teve que se apoiar em Ilonka durante todo o caminho de volta. Kevin convidou-a para entrar e partilhar com ele uma xícara de chá, o que significava muito para ela. Mas estava cansada demais para aceitar o convite.

– Talvez amanhã à noite – ela respondeu, com a mão na boca para sufocar outro bocejo. Ilonka reclinou-se na parede para se apoiar, como

Kevin. Que belo par eles formavam, ela pensou. – Depois de descobrirmos o que aconteceu com Hermes.

– Sabe, eu pensei em você quando estava criando a história – ele disse. Ilonka riu.

– Espero que você não tenha me usado para moldar Teresa.

– Isso seria ofensivo?

– Ora, ela traiu o anjo guardião. Eu jamais faria isso.

– Você acredita em anjos, Ilonka?

Ela adorava quando Kevin dizia seu nome. Ele podia passar a noite toda sussurrando seu nome no ouvido dela, e Ilonka teria ficado contente. Ela pensou sobre o último comentário de Anya para Sandra, sobre ter feito sexo pelo menos uma vez. Ilonka nunca tinha dormido com ninguém em toda a vida. Nunca tinha tido vontade, até conhecer Kevin. Era adorável estar conversando com ele pouco antes de ir para cama, mas, de repente, Ilonka encheu-se de uma profunda tristeza, de que pudesse morrer sem jamais ter sido tocada, acariciada. Ela não tinha ideia de como de fato seria fazer amor. E isso era tudo que ela queria na vida: ser importante para alguém, mais do que tudo.

Onde estava o Mestre agora? O que ele diria sobre sua tristeza? Por que ele não estava com ela agora, nesta que era a maior dificuldade de todas as suas vidas?

– Eu acredito em anjos – ela sussurrou. *Eu acredito em você.*

– Ilonka?

Ilonka fechou os olhos e colocou a mão na cabeça.

– Eu tenho que ir dormir.

Kevin a abraçou suavemente.

– Vá para a cama.

O Mestre diria que seu amor não é nada se estiver baseado em uma mentira.

– Eu vi a Kathy hoje – ela disse ao ouvido de Kevin.

Ele a soltou e a encarou. O corredor estava escuro; ela não conseguia ler sua expressão. Mas Ilonka conseguia perceber compressão em sua voz.

– Eu sei – ele disse.

– Eu...

– Não importa. – Ele pressionou um dedo nos lábios dela. – Não pense mais nisso.

Os olhos de Ilonka estavam lacrimosos.

– Eu fui cruel.

– Esta situação é cruel. – Kevin se inclinou e deu-lhe um beijo na testa. – Durma. Sonhe com seu Mestre. Ele me fascina.

Ilonka estava satisfeita.

– Sério?

Kevin abriu a porta e entrou mancando.

– Sério, Ilonka. Mas será que ele não nos diria... o que é realidade? Boa noite.

– Boa noite, meu amor – ela sussurrou depois que Kevin fechou a porta.

Ela nunca contou para Kevin que o Mestre a desafiava constantemente a distinguir entre o que era real e o que era ilusão.

Ilonka encontrou Spence em seu quarto, sentado na cama dela em frente a Anya, que ainda estava na cadeira de rodas. Ela teve a sensação de estar chegando numa má hora e teria se desculpado e saído se não estivesse tão cansada, quase a ponto de colapsar. Ilonka se jogou na cama, atrás de Spence.

– Apenas me ignorem, sou apenas uma massa amorfa de protoplasma – ela balbuciou quando os olhos fecharam. Ilonka sentiu Spence se levantar.

– Eu tenho que ir – disse, inquieto.

– Você pode ir – disse Anya, com o tom curiosamente autoritário.

Ilonka ouviu a porta abrir e fechar.

– Ilonka? – disse Anya.

– Sim? – sussurrou a jovem.

– Eu nunca contei a ninguém sobre o Bill.

– Sim.

– Contei a você porque confio em você.

– Sim.

Houve uma grande pausa. Ilonka deve ter cochilado nesse momento, não tinha certeza. Quando Anya falou novamente, parecia que estava a milhares de quilômetros de distância.

– Sei que o Kevin está em cada uma das histórias sobre vidas passadas. Acho que ele também sabe. Mas o passado é o passado, sabe? Está morto. Espero que vocês dois consigam viver um pouquinho antes que estejamos todos mortos. – Anya parou de falar, e Ilonka ouviu um suave movimento. Ela sentiu o toque de algo cálido e úmido em sua bochecha e imaginou que Anya a tivesse beijado. – Bons sonhos, minha querida – Anya disse suavemente.

– Isso é tudo um sonho – Ilonka suspirou.

Então, ela partiu.

Ela sentou-se com o Mestre numa floresta exuberante. O sol tocava o topo das árvores, talvez estivesse pronto para se pôr, ou quem sabe começando a se erguer. O tempo parecia congelado naquele momento eterno. A luz alaranjada nos cabelos do Mestre era belíssima, bem como seus olhos escuros, aqueles olhos que viam todas as coisas e nunca julgavam. Ele brincava com as contas que trazia ao redor do pescoço quando ela chegou ao fim de sua longa e triste história.

– Como você se sente neste exato momento? – ele perguntou de repente.

Ilonka deu de ombros, confusa.

– Eu acabei de contar. Minha vida está em ruínas.

– Sim. Sua vida está em ruínas. Mas como você se sente neste exato momento?

– Me sinto extremamente bem, sentada aqui com você. Mas...

– Não existe "mas" – interrompeu ele. – Só existe o agora. Sua mente se demora no passado. Você sente arrependimento pelo que fez, raiva pelo que sente que foi feito a você. Ou, então, sua mente está ansiosa pelo futuro. Mas o passado é passado, e o futuro não existe. Tudo que você tem é o agora, e neste exato momento você se sente bem. – Ele sorriu de maneira tão doce, o lampejo de seu amor. – Então, qual é seu problema? Você não tem nenhum problema.

– Mas...

– Não existe "mas." – O Mestre estalou os dedos perto da cabeça dela. – Esteja no momento presente. Esteja aqui comigo, por completo. Eu estou aqui com você por completo. Isso é iluminação, nada mais.

– Mas não posso estar sempre com você – exclamou ela. – Tenho que voltar para minha vida, e minha vida é difícil. Não tenho ninguém para me amar, ninguém para tomar conta de mim. Estou sozinha no mundo.

– Você não está sozinha. Estou sempre com você.

– Eu sei disso, mas nem sempre eu sinto isso. – Ela começou a chorar. – Minha dor é real para mim. As palavras não podem apagá-la.

– Certamente, palavras não podem curar. Apenas o silêncio pode fazer isso. Então, o que posso lhe dizer para fazê-la se sentir melhor? Você quer que eu realize um milagre em você?

Ela assentiu.

– Eu preciso de um milagre.

O Mestre refletiu.

– Está certo, eu vou lhe dar um milagre. Quando você voltar para casa, tudo estará perfeito para você. Sua vida será exatamente como deveria ser.

Ela o encarou com olhar duvidoso, pois sabia que ele adorava brincar com ela.

– Você está fazendo uma promessa? – ela perguntou.

– Eu lhe dou minha palavra. E, se você acredita na minha palavra, se tem essa fé, então verá que as coisas já estão perfeitas. Deus lhe dá o que precisa na vida para aprender. Ele continua dando lições difíceis porque você demora para aprender. Não estou dizendo que não pode errar. Não há problema algum em cometer erros. Mas você segue cometendo os mesmos erros.

Ela balançou a cabeça com tristeza.

– Eu o quero de volta.

– Ele se foi. Ele está morto.

Ela tomou a mão do Mestre.

– Mas você pode fazer qualquer coisa. Já vi seu poder. Por favor, traga-o de volta para mim.

O Mestre a encarou solenemente.

– Cuidado com o que você deseja que eu realize. Pode ser que você alcance.

CAPÍTULO 5

Pela manhã, Ilonka abriu os olhos e ficou olhando para o teto por um longo tempo. Durante aquele tempo, quase não teve nenhum pensamento, exceto a sensação de que sua cabeça estava estranhamente cheia. Questionou-se brevemente se era por causa do pouco de vinho que bebera na noite anterior. Finalmente, virou-se para ver como estava a amiga. Anya estava sempre acordada antes dela, e Ilonka geralmente a encontrava lendo pela manhã.

Anya ainda estava dormindo profundamente, deitada de costas.

Ilonka olhou para o relógio. Uau, dez da manhã. Se algum dia já existiram duas dorminhocas, eram elas. Ilonka continuou a olhar para Anya. A amiga estava de fato dormindo profundamente, totalmente imóvel. Ver Anya tão imóvel a deixou nervosa.

– Anya? – exclamou Ilonka. – Anya?

Não houve resposta. Ilonka sentou-se lentamente, sem deixar jamais de olhar para o rosto da amiga.

– Anya? Já são dez da manhã. Acorde.

Imóvel como um manequim, Anya mal estava respirando.

– Anya? – Ilonka deu a volta na cama e sacudiu a amiga. – Anya.

Não, não estava respirando *mal*. Não respirava de maneira nenhuma. Anya tinha parado de respirar.

– Anya! – Ilonka gritou.

Desesperada, Ilonka buscou pulso no pescoço de Anya.

Nada.

– Anya!

Ilonka a sacudiu com força, e a pobre garota balançou para a frente e para trás, como um saco de roupas velhas. A janela do quarto delas estava aberta alguns centímetros; o bramido do mar podia ser ouvido a distância. O quarto estava frio; a pele de Anya estava tão fria quanto o piso. A amiga já estava morta há algumas horas. Não havia chance de ressuscitá-la; não que a equipe da clínica teria tentado fazer alguma coisa de qualquer maneira. Elas estavam naquele lugar para morrer. A única maneira de dar saída oficialmente era sair para sempre.

As lágrimas arderam nos olhos de Ilonka.

– Anya, não – sussurrou ela, abraçando, segurando e beijando o rosto da amiga.

A morte era inevitável, ela sabia, todos eles seguiriam esse caminho, mais cedo ou mais tarde. Ainda assim, Ilonka estava atordoada pelo choque. Era como se não soubesse nada sobre a morte até aquele momento. Ela já sentia falta de Anya.

Depois de algum tempo, ela deixou a amiga e desceu cambaleando as escadas até o escritório do doutor White. O cavalheiro havia acabado de sair de seu quarto quando viu Ilonka. Ele foi imediatamente até o lado dela. Ilonka percebeu que não estava usando nenhum robe.

– Ilonka! – ele exclamou. – O que aconteceu?

– A Anya morreu durante a noite.

O doutor White a abraçou.

– Eu sinto muito. Ela ainda está na cama?

– Sim.

– Deixe-me ir vê-la.

Ilonka soltou o doutor.

– Eu vou com você.

– Tem certeza?

– Sim. Eu devo... ajudar a cuidar dela.

Ilonka deixara Anya com os braços cruzados sobre o peito. O doutor White tomou uma das mãos e verificou o pulso. Como não sentiu nada, ele abriu uma das pálpebras e a examinou. Ilonka virou o rosto brevemente. Por fim, o médico pressionou a palma na testa de Anya, certamente tentando fazer um palpite sobre a temperatura do corpo da jovem.

Corpo.

Era isso que Anya era agora. Não era mais uma pessoa, não era mais uma jovem com esperanças e sonhos, era um cadáver. Já no final, Anya abandonara todos os seus sonhos. Ela aceitava seu destino melhor do que todos os outros, embora aceitação não fosse algo que Ilonka desejasse imitar. Pelo menos não agora, não hoje.

– Ela está morta, não está? – questionou Ilonka.

Era uma pergunta estúpida, se é que já existiu alguma, mas precisava estar absolutamente certa.

– Sim – respondeu o doutor White, apalpando os braços e as pernas de Anya em busca de tônus. – Diria que ela morreu há umas sete ou oito horas.

Sete ou oito horas atrás colocaria a morte dela não muito tempo depois da hora em que foram dormir. Pouco depois que as luzes foram apagadas. Ilonka ficou pensativa.

Você não poderia terminar a história? Por favor?

Quando é que Anya tinha suplicado por alguma coisa em sua vida?

Tem sido maravilhoso nos reunirmos aqui.

Disse essas palavras como se estivesse dizendo adeus ao escritório.

Eu nunca contei a ninguém sobre o Bill.

Foi dito como uma confissão.

Então, houve o beijo.

Bons sonhos, minha querida.

– Do que ela morreu? – Ilonka perguntou.

O doutor White a encarou como se dissesse: "Sim, você está triste, e pode fazer uma pergunta idiota, mas com essa agora foram duas, uma atrás da outra".

– Ela morreu de câncer – respondeu o médico.

– Digo, especificamente.

– Estou sendo específico.

Ilonka balançou a cabeça negativamente.

– A Anya estava falando de forma esquisitíssima na noite passada.

– O que você está sugerindo?

– Nada.

– Ilonka?

– Estou sugerindo que talvez ela tenha se matado. Ela estava sempre tomando muitos remédios. Acho que você deveria fazer uma autópsia.

O doutor White suspirou.

– Não haverá nenhuma autópsia. Eu não recomendaria, e a família não iria concordar.

– Ela tem só uns poucos parentes, e por que você não recomendaria?

O doutor White se afastou do corpo de Anya e tocou o braço de Ilonka.

– Vamos lá para fora e conversaremos sobre isso.

– Quero falar sobre isso aqui.

– Está certo, Ilonka. O que importa de que ela morreu? Anya sentia dores terríveis no final. Agora ela não sente mais dor. Isso é o que deve importar para nós, que a amávamos.

– Não é só isso que importa. – Ilonka chorava copiosamente. – A causa da morte dela é importante para mim. Ela era minha amiga. Não quero...

Ilonka não conseguiu terminar a frase.

– Você não quer o quê?

Não quero terminar como ela.

– Nada.

Ela estava sendo insensata e sabia disso. Ainda assim, havia algo importante aqui que estava sendo deixado de lado, algo que ia além da possibilidade de que Anya tenha dado fim à sua vida intencionalmente com uma *overdose* de drogas. Estava ali, na ponta de seus dedos; Ilonka só não conseguia apontar o que era.

– É improvável que ela tenha cometido suicídio por uma *overdose* – afirmou o doutor White, observando-a.

– Como o senhor sabe?

– Uma *overdose* geralmente leva um tempo para matar uma pessoa. Se ela realmente morreu entre as duas e três da manhã, ela teria que ter tomado os remédios antes da reunião do clube. Suponho que ela estava na reunião.

– Sim.

– Então suicídio está fora de questão nesse caso. Se ela tivesse engolido drogas suficientes para matá-la às duas ou três da manhã, ela estaria inconsciente à hora da reunião.

O que o doutor disse parecia lógico; ainda assim, Ilonka continuava sendo atormentada pela incerteza.

– Há alguma outra possibilidade que estamos deixando passar despercebida? – questionou Ilonka.

– Como o quê?

– Eu não sei, estou perguntando a você.

O doutor White parecia infeliz.

– Você está fazendo essas perguntas porque não quer lidar com o verdadeiro problema aqui, Ilonka. Sua colega de quarto morreu; fazia algum tempo que ela estava à beira da morte. É um choque para você, especialmente considerando sua própria doença grave.

– O senhor já recebeu os resultados dos meus exames? – perguntou Ilonka de repente.

– Não.

Ilonka se esticou e tomou a mão de Anya na sua, não porque queria, mas porque sentiu que deveria.

– Eu amava a Anya – disse. – Mas nunca disse isso a ela.

– Estou certo de que ela sabia – comentou o doutor White com gentileza.

Ilonka meneou a cabeça, recordando a história que Anya contara sobre Bill na tarde anterior. Agora não havia objetivo em contatá-lo.

– Não. Estou certa de que Anya Zimmerman era uma dessas pessoas que *não sabiam* que eram amadas.

– Tenho que entrar em contato com os poucos parentes que ela tem. Vou retirar o corpo daqui o mais rápido possível.

– Onde vão colocá-la? – ela estava conjecturando.

– No porão, por ora. – O médico fez uma pausa. – Você gostaria de pegar os itens pessoais da Anya?

Ilonka compreendeu a intenção da pergunta. Espaço era algo de muito valor. O corpo e seus pertences deveriam ser retirados, para que outro corpo vivente pudesse ser colocado ali com rapidez. Ela pensou que seria estranho para a nova garota dormir na cama onde alguém tinha acabado de morrer. Já era difícil para Ilonka pensar que dormiu a maior parte da noite ao lado de um cadáver. É claro, neste lugar, alguém morreu em cada uma das camas, antes que eles chegassem. Era um conceito que dava o que pensar.

– Vou juntar as coisas dela – respondeu Ilonka.

O doutor White saiu para cuidar das preparativos. Alguns minutos depois, algumas enfermeiras entraram no quarto para buscar o corpo. Ilonka ainda estava segurando a mão de Anya. Hora de dizer adeus: não era algo fácil de fazer. As enfermeiras cobriram o corpo com um lençol verde, colocaram-na em uma maca e a levaram. Ilonka foi deixada sozinha com sua dor. Ela não sabia se os outros membros do clube sabiam o que tinha acontecido, mas deveria ser ela a contar a todos. Em breve. Mas não neste momento, ela pensou.

Ilonka foi ao banheiro para recolher a escova de dentes, a escova de cabelos e coisas desse tipo. Só que os itens não estavam lá.

– O quê? – Ilonka suspirou para si mesma.

Todos os itens de toalete de Anya sumiram.

Mas isso não é possível. Ela acabou de morrer. Quem poderia ter pegado? Quem poderia ter pegado as coisas comigo aqui dentro?

A resposta, para as duas perguntas, era ninguém.

Será que poderia ser um sinal? Será possível que Anya estava tentando dizer que havia vida após a morte?

Que nada, é apenas uma questão de tempo. Uma das enfermeiras ouviu sobre a morte de Anya enquanto eu conversava com o doutor White e imediatamente liberou os armários. Não, talvez não. Apenas eu sabia que ela estava morta, e conversei com o doutor White por dez segundos antes de retornarmos para o quarto. Certo, era uma travessura. Anya sabia que ia cometer suicídio, então juntou todas as coisas no meio da noite e guardou em outro lugar para me enganar. É isso! Ela ouviu minha história sobre Delius, Mage e Shradha. Quer sinal melhor para me enganar?

O único problema com a segunda hipótese era que Anya era uma moça gravemente doente, que também era aleijada. Seria praticamente impossível para ela juntar todas as coisas e descartá-las no meio da noite. Anya não conseguia nem mesmo empurrar a cadeira de um lugar para o outro sem ajuda.

Então o que tinha acontecido? Ilonka não sabia.

Era hora de falar com os outros.

CAPÍTULO 6

A notícia tinha voado na clínica. Os outros já sabiam sobre a morte de Anya quando Ilonka chegou até eles. Os quatro membros restantes do clube (Ilonka, Sandra, Spence e Kevin) se reuniram no quarto dos meninos. Ali, tentaram consolar uns aos outros, dizendo repetidamente que provavelmente tinha sido o melhor, que Anya estava sentindo mais dor do que um mortal poderia aguentar. Spence foi o mais afetado pela morte. Ilonka nunca o tinha visto chorar. Em contrapartida, ele tinha sido o mais próximo a Anya de muitas maneiras. Certamente, ele era o que tinha brigado mais com ela.

Todos os participantes do grupo negaram ter tocado nos itens pessoais da amiga. As enfermeiras também disseram que não sabiam nada sobre o assunto. Os quatro amigos ficaram apenas encarando uns aos outros e meneando a cabeça. Ilonka não achava que um deles estivesse mentindo. Ninguém sabia o que pensar. Entretanto, ficou decidido que eles iriam investigar o assunto mais a fundo.

Então, antes que começassem a discutir se Anya tinha enviado um sinal de além da sepultura, outro rumor correu pela clínica, chegando a todos os cantos da enorme mansão. O rumor surgiu na enfermaria, mas, antes que pudesse ser verificada sua veracidade, Schratter, a enfermeira-chefe, deu um freio na conversa. Ela disse que não haveria mais comentários até a chegada do doutor White. Aparentemente, ele tinha saído da clínica na tentativa de encontrar algum parente de Anya. O rumor era poderoso.

Um dos pacientes da clínica tinha recebido um diagnóstico errado.
Essa pessoa não iria morrer.
Quando Ilonka ouviu o rumor, sabia que tinha de ser ela.

Estava sendo lógica. Quer dizer, Ilonka pensou que estava. Pois ela tinha sido a única paciente da clínica a fazer exames recentemente. Era a única que estava para receber resultado de exames. Ela soltou uma gargalhada ao ouvir a notícia, porque todos eles quiseram rir dela quando insistiu em fazer outra ressonância. Era como se um grande peso tivesse sido de repente tirado de seus ombros; Ilonka não conseguia acreditar em sua alegria, mesmo em meio à tragédia da morte de Anya. A jovem também sabia que tinha de ser ela, pois, assim que as palavras lhe chegaram aos ouvidos, o nível da dor que sentia diminuiu consideravelmente. Ora, a constante dor em seu abdome tinha até mesmo aliviado, e Ilonka conseguiu inspirar profundamente pela primeira vez depois de alguns meses. Ela percebeu que boa parte do desconforto que sentia estivera em sua mente. Mal podia esperar pelo retorno do doutor White para a clínica.

Eu não vou morrer! Eu vou viver! Viver! Viver! Viver!
Ilonka soube da notícia quando estava sozinha em seu quarto. Outro paciente (ela nem sabia o nome dele) lhe contou enquanto passava pelo corredor no segundo piso. Entretanto, junto com o alívio, Ilonka imediatamente lamentou pelos outros amigos do grupo, em especial Kevin, seu querido Kevin. Como ela poderia partir e deixá-lo nesse lugar para morrer? Ela não podia fazer isso; jurou a si mesma que ficaria ali na clínica até que ele morresse. O doutor White iria compreender; não a colocaria para fora.

Após outra busca, Ilonka tinha falhado em encontrar os itens pessoais de Anya.

Ela continuava olhando sobre o ombro, conforme procurava.

Fechou a janela. Parecia ter uma brisa fria entrando no quarto.

Finalmente, por volta das três da tarde, ela decidiu retornar ao quarto de Kevin. Ilonka o encontrou sozinho, sentado na cama, mexendo nos esboços em um grande caderno de desenhos. Provavelmente ele estivesse fazendo mais que apenas folhear o bloco; tinha um lápis na mão direita. Mas Kevin fechou o bloco assim que Ilonka entrou, e ela não teve a chance de ver no que ele estava trabalhando. Aparentemente, Spence tinha saído para levar ao correio uma longa carta para sua amada Caroline. Kevin contou que ele estava eternamente escrevendo para ela, o que lhe tomava metade dos dias.

– É bom que ele tenha alguém – comentou Ilonka.

Ela estava sentada de frente para Kevin, na cama de Spence.

– É mesmo – respondeu Kevin, pensativo.

Ilonka hesitou.

– Queria conversar sobre o que aconteceu com Kathy.

– Eu devia ter contado a ela há muito tempo. Você me livrou do trauma.

– Você teria contado com gentileza. Eu fui para cima dela como uma vaca desvairada.

– Às vezes, você tem que ser cruel para demonstrar gentileza.

– Presumo que você tenha conversado com ela – indagou Ilonka.

– Sim.

– Ela vai visitá-lo novamente em breve?

– Não acho provável – ele disse.

– Eu não tinha o direito de fazer isso.

Kevin ergueu a mão.

– Está tudo bem, de verdade. Não vamos mais falar sobre esse assunto. – Kevin meneou a cabeça. – Não posso acreditar que Anya não vai estar lá esta noite. Não vai ser a mesma coisa.

– Será que devemos nos reunir?

– Creio que Anya ia querer que nos encontrássemos. Quem sabe ela nos dará outro sinal?

– Você acha que ela já nos deu algum sinal?

Kevin a encarou, curioso.

– Considerando que o sinal está relacionado com a história que você contou, o que *você* acha?

– Estou intrigada.

– Nada além disso?

– Aconteceram tantas coisas de repente... Eu não tive a chance de realmente me sentar e pensar sobre isso. – Ilonka fez uma pausa. – Você soube do rumor que está correndo por aí?

– Que um de nós não é doente terminal? Sim, parece que é mais que um rumor. Pelo que entendi, todo mundo está só esperando para descobrir quem é.

– Kevin.

– O quê?

– Sou eu.

O rosto dele se iluminou.

– Sério? O doutor White lhe contou? Não sabia que ele já tinha voltado.

– Ele ainda não chegou, mas eu sei que sou eu. Quem mais poderia ser?

O rosto de Kevin ficou sombrio.

– Ilonka, você não acha que está tirando uma perigosa conclusão?

A moça riu.

– Não estou indo tão longe. Veja bem, eu fui fazer uma ressonância ontem. Eles disseram que receberíamos os resultados hoje. De repente, hoje, uma pessoa na clínica deixou de ser um paciente terminal.

Kevin assentiu.

– Admito que seja uma possibilidade. Vou manter meus dedos cruzados, torcendo por você. – O jovem se virou e olhou para a janela. As cortinas estavam abertas, apesar de a janela estar fechada. Como de costume, a temperatura no quarto estava elevada. – Eu adoraria ver o mar novamente – ele comentou.

Ela apontou para a perna esquerda de Kevin.

– Ainda está dormente?

– Não tanto quanto ontem. Em algum momento, no meio da noite, parece que a perna despertou novamente, pelo menos parcialmente. – Kevin pensou por um instante. – Gostaria de dar uma volta com um manco?

Ilonka sorriu.

– Eu adoraria ir a qualquer lugar com você. Você pode se apoiar em mim. Ela se levantou. – Vou pegar meu casaco. Volto aqui em um minuto. Coloque roupas quentes.

Dez minutos depois, os dois estavam caminhando pela calçada do amplo caminho que os levava até as rochas do penhasco. O clima estava nebuloso: nuvens escuras, vento cortante. As ondas estavam furiosas, a espuma salgada chegava até eles, embora estivessem na área gramada. Caminhar com Kevin não era a coisa mais fácil do mundo. A perna esquerda podia estar um pouco melhor, mas ele se apoiava nela para conseguir andar. Ele finalmente apontou para uma pedra, e os dois se sentaram. Ilonka arrumou o cachecol de Kevin, de forma que ele ficasse mais protegido. Ele estava tremendo de frio.

– Não devemos ficar muito tempo aqui fora – ela disse.

Kevin apontou para a onda agitada.

– É maravilhoso, não é? O poder da natureza. Sabe, eu às vezes sinto pena de mim mesmo, que minha vida termine tão cedo; então, eu olho para o mar e penso: este mundo tem mais de quatro bilhões de anos. A vida de um homem ou de uma mulher, que vive no máximo até os cem anos, é apenas um relâmpago quando comparada a essa escala de tempo. Então não me sinto tão mal. Sinto-me honrado por ter nascido neste mundo. – Ele inspirou profundamente e observou a costa. – É um belíssimo mundo.

– Há algo em especial de que você sente falta? – ela perguntou.

Ele assentiu.

– Sinto falta de ter energia para pintar, correr, ir para a escola. Eu realmente adorava acordar e ir para a escola todas as manhãs. Sei que pode parecer estranho, mas eu adorava aprender.

– Não me parece estranho. Algo mais?

Ele sorriu, ficando corado.

– Sinto falta das coisas que Hermes sentia falta sendo um anjo.

– Você é o Hermes? Você disse que eu era Teresa.

– Eu nunca disse isso.

– Você me comparou com uma vaca traidora. Mas eu o perdoo. – Ela fez uma pausa. – Então, você sente falta do amor de uma mulher?

Kevin não respondeu naquele instante.

– Uma das razões por que estou contando aquela história é por você.

Ilonka ficou surpresa.

– Sério? Com isso devo entender algo mais?

– Eu também não disse isso. – Kevin deu de ombros. – A história só me faz lembrar de nós.

Ilonka piscou. Não estava certa se tinha ouvido corretamente.

– De você e de mim?

Kevin a encarou.

– Sim.

Ele gosta de mim. Eu o amo. Talvez ele me ame.

Ilonka ergueu o braço e passou a mão pelo cabelo fino de Kevin. Naquele momento, olhando para os olhos dele, ela estava totalmente feliz, mais feliz do que jamais esteve em toda a sua vida.

– Eu teria deixado você pintar o que quisesse – ela comentou.

– Eu teria adorado pintar você.

Ilonka sorriu.

– Era isso que você estava rabiscando quando entrei no quarto alguns minutos atrás?

– Não. Estava fazendo um esboço do seu Mestre.

Ilonka inspirou rapidamente.

– Mas como?

– Acho que sei qual é a aparência dele. É diferente em vidas diferentes e, ainda assim, sempre a mesma pessoa. – Kevin apertou a mão de Ilonka. – Quando você conta suas histórias, eu me lembro delas junto com você. Lembro-me da Delius e da Padma como se elas estivessem sentadas ao meu lado no estúdio, ao lado do fogo.

Ilonka riu, muito satisfeita.

– Você deveria se lembrar melhor de Shradha e Dharma. Era para você... – Ilonka conseguiu se conter rapidamente. – Quer dizer, você me faz lembrar mais deles do que das outras duas.

Kevin continuou a encará-la, com um semblante surpreso.

– Eu não sei – ele disse, rindo.

– O que você não sabe?

– Não sabia disso.

Kevin deixou os olhos de Ilonka e observou o oceano novamente. Ele estremeceu de frio e tossiu.

– Quero lhe pedir um favor. Não é algo agradável, mas eu adoraria que você pudesse fazer isso por mim.

– Qualquer coisa.

– Eu disse aos meus pais que quero ser cremado, e eles concordaram. Mas eles ainda querem enterrar minhas cinzas em algum lugar, e eu não quero que façam isso. Não quero que minha mãe tenha um lugar para ir e chorar. Não vai fazer bem a ela. Não quero nem que ela saiba onde estão minhas cinzas. Mas eu pedi a eles que entreguem as cinzas para você.

O assunto a deixou nervosa.

– Para mim?

– Sim. Quero que você as traga aqui. – Ele apontou para o penhasco, para as ondas. – Quero que você lance minhas cinzas na brisa sobre a água. Quero apenas ser soprado e partir.

Havia lágrimas nos olhos de Ilonka.

– Mas você não vai apenas partir. Talvez você nem vá morrer.

Kevin a encarou de perto.

– Eu vou morrer. Muito em breve eu estarei morto; nada pode parar isso agora. É melhor aceitar a realidade. Não foi o que o Mestre disse uma vez?

Ela fungou.

– Creio que tenha dito isso muitas vezes – Ilonka assentiu. – Vou fazer isso por você, Kevin. Posso cantar enquanto lanço suas cinzas? Eu adoro cantar.

– Cante para mim agora, enquanto ainda posso ouvi-la.

– Mas o vento… Você mal conseguiria me ouvir.

– Ora, tudo bem. Você provavelmente tem uma voz horrível.

Ilonka o sacudiu de leve.

– Você pode conseguir pintar como um anjo, mas eu posso cantar como um.

– Vá em frente.

– Não. – Ela tomou o braço dele. – Mais tarde. Você tem que ir para dentro agora. Está tremendo como uma vara verde.

Ilonka levou Kevin de volta para o quarto dele. Sentia-se no topo do mundo, embora seu namorado estivesse à beira da morte. Mas ao menos ela podia pensar nele como seu namorado. *A história me faz lembrar de nós dois. Nós...* não podia haver uma palavra melhor saída dos lábios dele.

Ao mesmo tempo, ela sabia que estava sendo ridícula.

Ele é seu namorado? Ele nem mesmo a beijou na boca. E ele vai estar morto em alguns dias. Não vai haver chance de ele beijá-la. Não haverá chance para nada, além de você cantar para as cinzas dele.

Ilonka desejava ter cantado um pouco para ele.

Caminhando de volta para seu quarto, ela passou pelo quarto de Sandra. Ilonka colocou a cabeça ali dentro, com um "olá" nos lábios. Mas a palavra morreu num repentino sopro gelado. A mala de Sandra estava aberta, em cima de sua cama. Ela caminhava pelo quarto com um sorriso no rosto, cantando enquanto fazia as malas.

Ninguém na Clínica Rotterham refazia as malas.

Eram as enfermeiras que sempre faziam isso por você... depois de sua morte.

Ilonka tirou a cabeça de dentro do quarto e lentamente se afastou de Sandra. O frio gelado em sua respiração chegou ao seu peito, até o coração, que estava bombeando sangue que se transformava em estilhaços de gelo que cortavam enquanto passavam pelas veias apertadas. Sim, Ilonka sentiu de repente como se estivesse sangrando por dentro, da pior maneira. Ela recuou ao trombar com Spence.

– Olá, Ilonka – saudou Spence.

Ilonka virou-se para encará-lo.

– O doutor White já voltou?

– Sim. Está no escritório dele. Você soube...

Ilonka não esperou para ouvir o restante da pergunta. Ela correu pelo corredor em direção ao escritório do médico, esquecendo-se de que estava doente e de que não corria há mais de um ano. Ilonka chegou à porta do doutor White tentando respirar. Não se preocupou nem mesmo em bater à porta, ela apenas invadiu o escritório. O médico estava sentado à mesa, examinando alguns papéis. Ele olhou para ela.

– Sou eu? – indagou Ilonka. – É a Sandra? Quem é?

– Ilonka – o médico se levantou e indicou uma das duas cadeiras em frente à mesa –, sente-se. Fique calma.

A moça entrou pisando duro na sala, com os punhos cerrados.

– Não quero ficar calma. Quero viver. Diga-me, foi a Sandra que recebeu o diagnóstico errado ou fui eu?

O doutor White a encarou diretamente nos olhos.

– Foi a Sandra. Há alguns tipos diferentes da doença de Hodgkin. O médico dela cometeu um erro. O tipo dela não é fatal. Sandra está saindo da clínica hoje.

Ilonka apenas assentiu, ainda respirando com dificuldade.

– Tudo bem. Isso é bom. Isso é ótimo. Estou feliz por ela. Você recebeu os resultados dos meus exames?

O doutor White indicou a cadeira mais uma vez.

– Por favor, sente-se, Ilonka.

– Eu não quero me sentar! Apenas diga-me a verdade e acabe logo com isso!

O doutor White pegou o papel em sua mesa.

– Acabei de receber os resultados via fax, apenas alguns minutos atrás. Estava a ponto de ir procurá-la. Os resultados não são encorajadores. Seus tumores se espalharam. O baço e o fígado estão agora seriamente afetados pela doença. Existem focos do tumor também nos pulmões. – Ele largou o papel. – Eu sinto muito.

Ilonka apenas continuava assentindo.

– Está certo, o que isso significa? Significa que eu vou morrer? Creio que é isso que esteja dizendo. Está certo, quanto tempo de vida eu ainda tenho?

– Ilonka.

– Quanto tempo, droga?

O médico suspirou.

– Algumas semanas, quem sabe.

Ilonka não conseguia parar de arquejar.

– Quem sabe. Quem sabe duas semanas. Quem sabe dois dias. E que tal "quem sabe dois anos"? Eu poderia fazer muita coisa em dois anos, sabe? Poderia ter uma vida. Poderia ir para o conservatório e aprender a cantar direito. Poderia arrumar um emprego e ajudar pessoas desfavorecidas. Poderia arrumar um namorado. Eu nunca tive um namorado, sabe? Ainda sou virgem. Imagine uma coisa dessas, nessa época e nessa idade, hein? Eu vou morrer virgem. – A voz da jovem falhou. – Eu vou morrer.

– Ilonka.

O doutor White deu a volta na mesa rapidamente, na intenção de confortá-la. Mas Ilonka não ia admitir isso e empurrou o médico.

– Eu não sou a Ilonka! Sou só um cadáver esperando parar de respirar! Me deixe em paz!

Ela saiu correndo do escritório. Correu sem saber aonde ia. Passou pela enfermaria. Passou pelas pinturas a óleo. Correu pelo que parecia um corredor escuro sem fim. Não era uma surpresa que tivesse chegado ao mais escuro de todos os lugares.

O porão da Clínica Rotterham.

Onde ficavam os cadáveres antes que fossem enterrados.

Ilonka caiu em si quando estava ao lado do corpo de Anya.

Eles colocaram sua querida amiga em um saco de plástico verde.

Havia uma etiqueta do lado de fora.

Etiquetada e pronta para ser entregue ao esquecimento.

De repente, não havia nada mais importante para Ilonka, em todo o universo, do que saber como os itens pessoais de Anya desapareceram. Ela abraçou o saco, trazendo-o ao seu peito.

– Você ainda está aí? – questionou, chorando. – Há algo aí?

Por quê, Deus? Por que o Senhor nos dá a vida apenas para tomá-la de volta?

– Não há nada – sussurrou Ilonka para o saco plástico verde.

Ilonka não sabe quanto tempo ficou ali, segurando o corpo de Anya. Mas chegou um momento em que tomou consciência de uma mão em seu ombro. Ela se virou e viu que a mão pertencia a Kevin. Os olhos castanhos do rapaz a encararam com tanta compaixão que Ilonka sentiu como se ele estivesse tocando seu coração com as mãos feitas com a luz de um anjo. Mas Kevin não lhe disse uma só palavra. Ele a tomou pela mão e a conduziu até seu quarto, mancando gravemente durante todo o percurso, mas sem se apoiar nela como suporte. Kevin a ajudou a deitar e, então, o doutor White entrou no quarto e lhe deu uma injeção no braço. A agulha entrou fria, mas o líquido que jorrou pela agulha era cálido. O calor se espalhou pelo corpo de Ilonka e a envolveu num sono profundo. Kevin ficou com ela enquanto pegava no sono. A última visão que Ilonka teve foi do rosto dele. A primeira coisa que apareceu em seu sonho foi o rosto do Mestre.

– Mestre – disse ela. – Como é morrer?

– Por que pergunta? – questionou o Mestre. – Todas as noites você vai dormir e, quando dorme, não sabe quem você é. Mas todas as manhãs volta a acordar.

– Mas, quando eu vou dormir, sei que vou acordar pela manhã. Quando eu morrer, não sei se irei renascer. Eu vou renascer?

– A verdadeira você nunca renasce nem jamais morre. Mas a personalidade e o corpo são diferentes. Você acredita que é essa personalidade, esse corpo. Você se considera inteligente com palavras e

atraente com seu longo cabelo escuro. Mas essas coisas não são você. Essas coisas estão sempre mudando. A verdadeira você nunca muda. Os iluminados raramente falam sobre nascimento e renascimento. Estão preocupados com o momento presente. Se você está completamente viva agora, é o suficiente. Não tem que pensar sobre morte. A morte virá quando tiver de vir. Não temos que ficar perseguindo-a. Você vai descartar uma vestimenta e vestir outra. Não é motivo para preocupação.

– Mas ainda assim eu não quero morrer. Tenho medo da morte.

– Você quer ter a mesma personalidade que tem agora pelo resto da eternidade?

Ilonka teve que rir.

– Eu gostaria de melhorá-la primeiro, antes que se tornasse eterna.

O Mestre riu com ela.

– Você a torna perfeita e verá que ela deixa de existir. Você acha que sou muito poderoso e sábio. Eu lhe digo, não sou ninguém. É assim que entendo todo mundo. Sou como o sol, brilho da mesma forma sobre todo mundo. Você é o sol. Você não é essa personalidade e corpo. Lembre-se disso quando se aproximar o momento da morte, e não terá medo. Este é o grande segredo que lhe dou. – O Mestre fez uma pausa e falou com seriedade. *– Lembre-se, também, que estarei com você naquele momento.*

CAPÍTULO 7

Ilonka acordou no escuro. Mesmo antes de abrir os olhos ou ouvir algum som, soube que ele ainda estava ali.

– Quanto tempo fiquei apagada? – perguntou.

– É quase meia-noite – respondeu Kevin.

Ilonka abriu os olhos e se virou. Kevin estava sentado, apoiado em travesseiros, na cama de Anya. Estava vestindo o robe de flanela vermelho, uma roupa diferente daquela que usava quando ela recebeu a injeção. Ele deve ter voltado para o quarto e se trocado. Um feixe da luz da lua entrava através da cortina transparente e brilhava no piso, de maneira que Ilonka conseguia ver o rosto de Kevin, ainda que não claramente.

– Está na hora de outra reunião – ela comentou.

– Acho que não vai ter reunião nesta noite. A Anya partiu, e a Sandra... ela também partiu. Ela veio até aqui para dizer adeus, mas você estava dormindo. Pediu-me para dizer a você que ela vai escrever.

– Ela não perdeu tempo em dar o fora daqui, não é mesmo? Creio que não posso culpá-la por isso. – Ilonka se sentou. – Obrigada por ficar comigo. Se quiser ir para o seu quarto, eu entendo.

Ele deu de ombros.

– Gostaria de me sentar e conversar, se você não se importar.

– Sobre o que gostaria de falar? Como eu fui idiota nesta tarde? Eu deveria ter ouvido sua advertência.

– Você é muito dura consigo mesma, Ilonka. Você pode cometer erros. Todo mundo pode.

– Só que eu fico cometendo os mesmos erros, e isso não é bom. É isso que diria o Mestre de quem lhe falei.

– Você sonhou com ele enquanto dormia? – indagou Kevin.

– Sim. Como você soube?

– Porque eu peguei no sono enquanto você estava apagada, e acho que sonhei com ele também. Mas não me lembro muito do sonho, só que era maravilhoso ficar sentado com ele.

– Eu me lembro do sonho. Ele me falou sobre a morte, que não havia nada a temer.

– Você tem medo de morrer? – perguntou Kevin.

– Sim. Especialmente agora, que sei que está tão perto. Você não tem?

Kevin sorriu.

– Não, desde que você contou suas histórias.

– Ah, fale sério.

– Estou falando sério. Eu lhe disse que sentia como se eu estivesse naqueles lugares e tempos com você. E sinto que, mesmo quando eu deixar este corpo, estarei em algum outro lugar.

Ela sentiu uma fincada de dor em seu abdome. O fígado e o baço, e focos nos pulmões: o que ainda restava para ser consumido pelo câncer? A dor aguda não mais ia e vinha. De repente, era difícil respirar. Kevin se levantou, aproximou-se e sentou-se ao lado dela. Havia um copo de água ao lado da cama. Ele mostrou a mão cheia de comprimidos brancos.

– Morfina – ele disse. – Spence me deu. Dois é muita coisa.

– Acho que preciso de dois. – Ilonka pegou os comprimidos e os engoliu, com a ajuda da água. – Obrigada. Creio que, de agora em diante, só adiantarão drogas pesadas. Posso esquecer as ervas.

– Você tentou, é isso que conta – afirmou Kevin.

– Eu me recusei a aceitar a realidade, é isso que conta.

– Ilonka.

– Eu sei, não estou tão terrível. Mas não estou muito bem também, e sempre pensei que estava. Fico me perguntando se outras pessoas pensam sobre suas vidas como eu pensava. Eu olhava ao meu redor e via todos os erros que outros estavam cometendo, e achava que não seria tão tola. Eu ia deixar minha marca no mundo. Mas olhe para mim agora. Umas poucas pessoas sabem o meu nome. Umas poucas pessoas sabem que estou morrendo e, quando eu estiver morta, até mesmo essas pessoas vão me esquecer.

– Eu não vou esquecer você.

Ilonka sorriu levemente.

– Você vai se lembrar de mim do outro lado? Espero que sim. Quem sabe você vai ser o anjo que vai vir para mim quando eu deixar este corpo, para me equipar com minhas asas?

– Eu não sei se Hermes já teve asas ou não.

– Você sabe, Anya realmente queria que você terminasse a história na noite passada. Acho que ela sabia que ia morrer. – Quando Kevin não respondeu, ela se apressou em acrescentar: – Não disse isso para que você se sinta culpado. Só que a história é tão fascinante... – Ilonka pegou a mão dele. – É meia-noite. Você não pode me contar a parte final de "O espelho mágico"?

– Mas o Spence não está aqui.

– Você pode contar a ele mais tarde – comentou Ilonka.

Kevin pensou por um instante.

– Talvez eu deva terminar a história agora. – Ele apontou para o copo. – Posso tomar um gole de sua água primeiro?

— Claro.

Kevin tomou um gole de água e deitou-se de forma mais confortável na cama de Ilonka, pegando um dos travesseiros dela para se recostar. Ele parecia não ter mais forças nas costas, ou em nenhuma parte de seu corpo. Pigarreou e começou a contar, com a voz suave e seca. Ilonka suspeitava que ele estivesse tomando muita morfina.

— Hermes saiu da ponte onde estivera a ponto de cometer suicídio, mas não voltou para casa. Parecia não haver propósito em voltar. Ele caminhou pelas ruas até o amanhecer, que não estava tão distante, e então decidiu que ia procurar um emprego que não estivesse relacionado à arte. Sentiu que, se continuasse a pintar, estaria ainda vivendo no mundo estreito em que vivia no museu e, apesar de ansiar ter de volta a alegria que experimentara como um anjo, ele também queria ir além disso. Ele acreditava que Deus lhe realizara o desejo de se tornar um mortal porque queria que ele se tornasse mais do que era. Hermes decidiu aceitar a vida e tudo que ela lhe oferecesse.

"Então decidiu se tornar motorista de táxi. O único problema era que não tinha carteira de motorista. Hermes possuía um passaporte americano falso, que Teresa conseguiu para ele no mercado negro em Paris antes que viessem para os Estados Unidos. Com isso, Hermes conseguiu uma licença temporária para dirigir e, depois, um emprego como motorista de táxi. A empresa o estabeleceu no turno da noite, o que lhe parecia perfeito. Dirigir um táxi em Nova York era um trabalho duro. Há a luta constante com o trânsito e pessoas estranhas. Mas era isso que Hermes mais adorava: todas as pessoas diferentes que conhecia. Enquanto vivia com Teresa, ele tinha sido, de certa maneira, protegido do mundo. Como motorista de táxi, ele encarava o melhor e o pior que o mundo tinha a oferecer.

"Hermes permaneceu em Nova York por cinco anos e, em todo esse período, jamais se encontrou com Teresa. Com o passar do tempo, a dor do ocorrido suavizou, mas, ainda assim, nunca passou um dia sem se perguntar como ela estava. Hermes ainda a amava, sabe, mas nunca se sentiu tentado a procurá-la, pois podia ver que o amor que sentia não era o bastante para Teresa. Ela ainda precisava viver sua vida e crescer à sua própria maneira, assim como ele precisava fazer. Ele percebeu que, na verdade, era nocivo para Teresa de muitas formas. Hermes a tornara dependente dele e, da mesma maneira, ele se tornara carente. Mas Hermes desejava a ela o melhor, assim como desejava o melhor a todos. Não havia uma só pessoa que saía de seu carro que não se sentia um pouco melhor. Aquilo era o bastante para ele. Que pudesse trabalhar e dar amor a completos estranhos, dia após dia. Hermes se questionava às vezes se era por isso que as pessoas estavam na Terra, apenas para aprender como dar amor constantemente.

"Mas, depois daqueles cinco anos, ele saiu da cidade de Nova York e se mudou para o Colorado, para viver nas Montanhas Rochosas. Tornou-se um guarda-florestal na reserva nacional e, quando não estava a serviço, com frequência saía para fazer caminhadas na floresta e acampava sob as estrelas à noite. Hermes ansiava pela floresta, pela solidão, e, ainda assim, havia também uma parte dele que permanecia solitária, talvez ainda buscando por aquela perfeita companheira humana, talvez por algo mais.

"Havia uma mulher, que também trabalhava na reserva, de quem ele gostava. O nome dela era Debra, e a moça era a coisa mais fofa, ao menos na opinião de Hermes. Eles passavam tempo juntos, e não demorou muito para que ela fosse morar com ele. Para Debra, namorar Hermes era como um sonho. Ele era o homem mais gentil que se podia imaginar e também um dos mais engraçados. Nos muitos anos desde que deixara o Louvre, Hermes desenvolvera um incrível senso de humor. Um dia, depois de estar morando com Hermes por seis meses, Debra o pediu em casamento. Hermes sentiu-se lisonjeado e não sabia dizer não. Então, foi marcada uma data e, por fim, depois de tanto tempo, Hermes ia se casar.

"Uma semana antes do casamento, teve início um incêndio de enormes proporções, e Hermes foi mandado para combatê-lo numa parte remota da floresta, onde encontrou uma família presa pelas chamas que a circundavam. Bravamente, ele conseguiu romper a parede de fogo para alcançar as pessoas, e imediatamente o fogo se fechou atrás dele. Mas Hermes descobriu a única maneira de tirar a família dali: eles teriam de descer escalando a lateral pedregosa de um precipício. Inicialmente, a família estava com medo de seguir o plano que ele elaborou, mas, conforme as chamas se aproximavam, eles mudaram de ideia. Hermes trazia consigo uma corda e outro equipamento de escalada e ajudou a descer primeiro a mulher e as crianças. Quando estava voltando para buscar o homem, acabou se metendo numa cilada. O vento tinha mudado, e o fogo estava perigosamente próximo. O fogo alcançou a corda, e, quando Hermes estava na metade da subida do precipício, ela começou a pegar fogo. Ele podia ver a corda queimar acima dele e tentou se agarrar à lateral rochosa, em busca de apoio. Mas não foi suficiente, e, quando a corda queimou até se partir, ele sofreu uma queda de trinta metros até o chão. Hermes caiu sobre uma rocha e quebrou a coluna.

"Ele ficou inconsciente por alguns dias e, quando despertou, estava em um hospital, em Denver. Debra estava ao seu lado, e ele descobriu que o homem na colina não sobrevivera ao fogo. Descobriu também que estava paralisado da cintura para baixo, pelo resto da vida. Hermes ficou muito mal ao receber essa notícia, pois uma de suas maiores alegrias como humano era ser capaz de caminhar por todos os lados e *sentir* a terra, algo que lhe fora negado quando era um anjo.

"Debra era muito dedicada; prometeu ficar com ele sem importar o que lhe sobreviesse. Ainda assim, Hermes sentiu que um marido aleijado não era algo que Debra devia suportar. Ainda que lhe partisse o coração, Hermes se recusou a vê-la novamente. A jovem telefonava e lhe escrevia durante sua recuperação, mas ele continuava a ignorá-la. Depois de certo tempo, Debra desistiu, e uma vez mais Hermes estava sozinho.

"Ele estava derrubado, mas não abatido. Depois de certo tempo, recebeu alta do hospital e conseguia se locomover numa cadeira de rodas. A equipe do hospital lhe causou uma profunda impressão, e Hermes decidiu que gostaria de ser médico. Era uma decisão de grande importância, pois ele estava mais velho e, por ser paraplégico, sua expectativa de vida era mais curta que o normal. Além do mais, ele precisava começar seus estudos desde o início. Deveria frequentar a universidade por quatro anos, antes de se candidatar para a faculdade de medicina. Por sorte, durante este tempo, ele recebia dinheiro do Estado, pois sua lesão tinha ocorrido enquanto estava trabalhando.

"Mas Hermes era determinado e, depois de nove anos de dificuldades, ele era oficialmente médico. O ex-anjo tinha dívidas homéricas da faculdade de medicina, mas começou imediatamente a trabalhar para uma clínica gratuita, que oferecia tratamento para pobres e sem-teto. Nesse tempo, ele estava vivendo em Los Angeles, num apartamentinho degradado, que tinha um elevador danificado que mal conseguia levar sua cadeira de rodas até o último andar. Mesmo assim Hermes estava contente, talvez não tão feliz quanto tinha sido durante os dias logo depois que deixara o Louvre, mas sentia-se satisfeito por estar prestando um serviço para a humanidade. Sua maior dificuldade era sua saúde. É comum que pessoas cadeirantes desenvolvam problemas nos rins. Não fazia muitos anos que Hermes estava atuando como médico quando seus rins começaram a falhar. Parte do problema era sua própria negligência. Ele estava tão ocupado tomando conta dos outros que falhou em cuidar de sua dieta e beber líquidos o suficiente. Depois de certo tempo, teve de começar a fazer diálise, e isso o fez diminuir o ritmo. Ainda assim, Hermes continuava a trabalhar por longas horas, mesmo quando o cabelo começou a ficar grisalho e a cair.

Como um ex-anjo, ele não temia a morte, mas sentia que, se fosse morrer em pouco tempo, seria com muito pesar. Mas ele não sabia por quê. Tinha feito o melhor que podia em sua vida.

"Ele estava pronto para sair da clínica certa noite quando foi trazida uma mulher que estava quase morrendo. Pelo que parecia, ela vivia nas ruas e tinha um severo caso de pneumonia. A mulher estava literalmente se afogando, por causa da congestão em seu peito. Hermes a examinou e fez exame de sangue. Ela estava vestida em trapos e coberta de sujeira. Por essas razões, e também porque ela estava absolutamente esquálida, com inúmeras chagas por todo o rosto, Hermes não a reconheceu. Mas, depois que as enfermeiras a limparam, ele viu que era Teresa.

"Hermes ficou emocionado em encontrá-la novamente, mas entristecido, pois era evidente que Teresa estava muito doente e que a vida dela não tinha sido fácil. Teresa estava delirando, e ele depressa deu início à medicação. Felizmente, a pneumonia respondeu às drogas e, depois de um dia, a temperatura cedeu. Mas a pneumonia não a deixou, e, depois de mais alguns exames, Hermes descobriu que o caso dela era terminal de aids. A pneumonia que a acometera não era bacteriana, mas era uma infecção comum em pacientes com essa doença. Ele se deu conta de que Teresa ia morrer, e não havia nada que ele pudesse fazer para salvá-la.

"Quando estava trabalhando na clínica, Hermes usava um crachá, que mostrava apenas o sobrenome que ele inventara, então Teresa não tinha a menor ideia de quem ele era. Ele estava abatido, mas aliviado por ela não ter reconhecido sua fisionomia. Estava triste, porque ele jamais a esquecera, e sentia que ele não devia ter tido importância, pois Teresa o havia tirado da memória. É claro, ele sabia que não parecia nada com o rapaz que tinha saído com tanta ousadia do Louvre. Ao mesmo tempo, Hermes estava aliviado por ela não o reconhecer, pois ele não sabia o que teria dito a ela, como o grande amor de seu passado. Eles não se despediram em bons termos.

"Hermes continuou a tomar conta de Teresa, muitas vezes ficando após seu turno para fazer por ela coisas especiais: esfregar suas costas, trazer-lhe jornal, comprar livros e trazer fitas para ela ouvir música. Com a febre baixa, Teresa tornou-se falante novamente e sempre tratava Hermes com amabilidade. Mas era óbvio que ela estava sentindo muita dor, além de estar sofrendo com depressão. Conforme os dias passavam, Hermes conseguiu fazê-la se abrir e contar sobre sua vida. Ele descobriu que Teresa fora casada duas vezes e tivera dois filhos, mas que os dois casamentos terminaram mal e que um dos filhos morrera num acidente de carro. Parece que a morte do filho iniciou uma espiral descendente da qual ela jamais conseguiu escapar. Teresa se tornou viciada em álcool, perdeu o emprego, depois perdeu a casa, então perdeu tudo e terminou nas ruas. Hermes quase chorou enquanto ela falava, pensando em como as coisas poderiam ter sido se eles tivessem ficado juntos, especialmente quando ela mencionou alguém especial da juventude. Então, Hermes percebeu que ele tinha sido rápido demais ao julgar a memória de Teresa.

"'Eu o conheci em Paris', ela contou. 'Eu era bem jovem. Ele trabalhava no Louvre, o famoso museu, com todos os Da Vincis e Rafaéis. Ele era um artista, e eu me apaixonei por ele à primeira vista. O cara era tão tímido quando nos conhecemos... Eu praticamente tive que torcer o braço dele para fazê-lo sair do museu. Éramos inseparáveis, desde o princípio. Ele arrumou um trabalho pintando retratos e logo conseguiu abrir um estúdio. Vivemos juntos, e ele cuidava muito bem de mim. Então, nos mudamos para Nova York, e deu tudo errado. Ele não queria mais pintar retratos, e nós começamos a ficar quebrados, e eu fui ficando nervosa. Então, conheci outro cara e tive um caso com ele. Bem, aconteceu o inevitável, meu namorado chegou em casa e nos pegou na cama.' Teresa suspirou. 'Ele virou as costas e saiu, e eu nunca mais o vi.'

"A conversa sobre a fatídica noite fez Hermes reviver tudo. Ele apenas a encarou, sem saber muito bem o que dizer. Ainda assim, ele se deu conta de que não a culpava pelo que aconteceu, e isso lhe trouxe segurança.

"'Essa é uma lembrança dolorosa para você', ele disse com gentileza.

"Teresa fungou.

"'Eu nunca tive a chance de dizer a ele como eu lamentava por ter feito o que fiz e como ele era incrível', ela sorriu de repente. 'Eu lhe contei sobre o talento dele? Os retratos que ele pintava eram de tirar o fôlego. Ele poderia ter sido um dos maiores artistas do mundo. Conforme passavam os anos, eu sempre fiquei atenta, buscando alguma notícia sobre o trabalho dele. Ficava esperando ver as pinturas, mas não sei o que aconteceu com ele.' O sorriso dela desapareceu.

"'Qual é o problema?', Hermes perguntou.

"'Nada'. Então ela começou a chorar. 'Doutor, estou lhe contando todas essas coisas, mas não consigo nem me lembrar de como eu era naqueles dias.'

"'Tenho certeza de que você era muito bonita.'

"'Não sei.'

"'Quem sabe você o encontre novamente e consiga dizer como se sente.'

"Teresa meneou a cabeça.

"'Não quero encontrá-lo com essa aparência.' Teresa parou de falar abruptamente e observou o lugar onde estava. 'Por que não há um espelho neste quarto?', ela perguntou.

"Não havia espelho porque Hermes tinha retirado enquanto ela estava delirando de febre. Ele não queria que Teresa acordasse e visse como suas feições estavam devastadas por causa do câncer de pele. Ele recordava como Teresa era vaidosa. Além disso, por causa do tratamento, o cabelo estava caindo, e ela estava praticamente careca. Hermes protelou atender o pedido de Teresa por um espelho, mas ela era insistente. Finalmente, ele concordou em trazer um espelho no dia seguinte. Quando ele se ajeitou para sair, Teresa o parou.

"'Eu estou muito doente, doutor?', questionou Teresa.

"'Sim.'

"'Eu vou morrer?'

"Hermes hesitou.

"'Não tenho certeza. Estamos fazendo o melhor que podemos. Só Deus sabe.'

"Teresa fechou os olhos e assentiu.

"'Essas são palavras que meu namorado costumava dizer. *Só Deus sabe*. Era a resposta dele para tudo. Isso me irritava naquela época, mas agora considero essa uma boa resposta.' Teresa abriu os olhos. 'Obrigada, doutor.'

"'Obrigado, Teresa.'

"Ela sorriu.

"'Pelo quê?'

"'Por tudo', ele respondeu.

"Naquela noite, a caminho de casa, Hermes parou em uma loja de materiais de pintura e comprou pincéis, tintas, caderno de desenho, algumas telas e um cavalete. Fazia décadas que não pintava, mas, assim que organizou as ferramentas no apartamentinho, Hermes sentiu uma torrente de poder e emoção. Sentiu que seu talento não o havia abandonado. Sabia que estava a ponto de criar a maior obra que já havia feito. Dispôs-se a pintar Teresa como ela lhe apareceu no primeiro dia em que a viu. Ele trabalhou durante toda a noite, até que chegou a hora de retornar para a clínica.

"Lá, Hermes teve um golpe. A condição de Teresa havia piorado repentinamente, e ela estava morrendo. Ele se apressou para o lado dela e tentou acordá-la, mas era claro que ela estava entrando em coma. Os outros médicos da clínica lhe disseram para esquecê-la. Mas Hermes se recusou, ficando ao lado de Teresa durante o dia e a noite, segurando a mão dela.

A pintura estava encostada na parede, ainda coberta e esperando que ela visse. Fazia tempo que Hermes não rezava a Deus, por nenhuma razão, mas naquele dia e noite ele rezou com todo o seu coração. Que Teresa não morresse sem saber o que ela tinha sido para ele: a coisa mais bonita em toda a criação. E que ainda era.

"Ao amanhecer, Teresa acordou e abriu os olhos.

"'Doutor?', ela sussurrou. 'Faz tempo que está aqui? Eu dormi por muito tempo?'

"'Nós estivemos dormindo a maior parte das nossas vidas, Teresa. Eu lhe trouxe um espelho. Gostaria de ver?'

"Teresa assentiu, e Hermes ergueu a pintura para que ela visse. Enquanto segurava o quadro, Teresa viu sua juventude e sua própria essência, revelada diante dela. Uma luz irradiou em seu rosto. Teresa olhou para si como uma garota jovem, e então olhou para Hermes, e foi como se toda a sua vida fosse revelada ali, naquele momento, naquele quarto, e não tinha sido tão ruim. Foi mágico o que aconteceu, um momento mágico na eternidade do tempo.

"'Hermes', ela disse e o abraçou. 'Meu amor.'

"'Teresa', ele disse, abraçando-a apertado."

Kevin parou de falar.

– Teresa voltou para seu estado de coma não muito tempo depois e morreu mais tarde, naquele mesmo dia.

Ilonka tinha lágrimas no rosto.

– O que aconteceu com Hermes?

– Eu não sei.

– Eu entendo. – Kevin estava dizendo que ele era Hermes e que não estava certo do que ia acontecer a seguir. Ilonka se inclinou e o beijou na boca brevemente e o abraçou. – Essa foi a melhor.

Kevin estava satisfeito.

– Sério?

– Você é o melhor. Eu já lhe contei?

– Não. Eu já lhe disse que você também é bem bonita?

Ela riu.

– Só bem bonita?

Kevin sorriu, agarrando-se a ela.

– Você é especial para mim.

Ilonka recostou-se.

– Posso fazer algumas perguntas sobre sua história?

– Se você me deixar perguntar algumas coisas sobre suas histórias.

– Combinado. Você disse que uma das razões para ter contado essa história era por mim. Não vou pedir que você explique, considerando que já se recusou a desenvolver o assunto, mas não pude deixar de notar que certos membros do Clube da Meia-noite parecem estar em sua história, tanto simbólica quanto realmente. Havia a cadeira de rodas, que naturalmente fez eu me recordar de Anya. Havia seu talento para a pintura. Havia os doutores tomando conta de gente morrendo. O que queria saber é se *tudo* em sua história era relevante para os membros do Clube da Meia-noite?

Ilonka estava perguntando porque queria saber se Kevin sabia sobre a experiência de Anya com Bill, que tinha um paralelo excepcional com o que aconteceu entre Hermes e Teresa. Além disso, apesar do que ela disse a ele, Ilonka queria saber o quanto Teresa estava relacionada a ela. Finalmente, queria saber se havia coisas sobre os outros na história que ela não sabia. Infelizmente, a resposta de Kevin não ajudava muito.

– A história se desdobrou naturalmente na minha cabeça. Não tentei, de forma consciente, incluir cada membro do grupo, mas suponho que no subconsciente posso ter feito isso, pois sabia que vocês seriam a única audiência para a história.

– Essa é outra coisa triste, que essa história vai morrer conosco aqui. Eu realmente gostaria que ela pudesse ser gravada e distribuída, quem sabe até mesmo publicada.

– Nenhum de nós tem forças para escrevê-las. E as suas histórias? Elas merecem ser gravadas também. São incríveis contos sobre moralidade e nobreza.

– Agora você está exagerando – brincou Ilonka, embora estivesse se sentindo lisonjeada.

– Estou falando sério. Significam muito para mim, Ilonka.

Ilonka riu novamente.

– Só porque você pensa que é o herói de cada uma das histórias.

– Eu nunca disse isso.

– Ah, disse sim, de sua maneira elusiva. – Ilonka fez uma pausa, reflexiva. – E talvez você fosse as personagens que pensei que eu fosse. Delius e Padma estavam certamente mais estáveis do que Shradha e Dharma, e você está certamente mais estável do que eu.

– Não vou discutir sobre isso.

– Ora, seu!

Ilonka o empurrou suavemente, nunca muito forte.

– Ilonka – disse Kevin, encolhendo-se de brincadeira quando Ilonka o tocou.

Ela segurou as mãos de Kevin.

– Amo ouvir você dizer meu nome. – Então parou de falar. Ali estava, Ilonka podia sentir, a hora da verdade. Entretanto, não tinha que ser nada de mais. De fato, pensou Ilonka, ela preferia assim, algo tranquilo, tarde da noite em seu quarto. – Acho que agora você já deve saber que amo muito mais do que isso.

Kevin fingiu não entender sobre o que ela estava falando.

– Hã?

Ilonka puxou as mãos dele para perto de seu coração.

– Em cada uma das minhas histórias sempre era você e eu. Não importa quem era quem. Para mim, você sempre esteve lá, Kevin, mesmo antes de conhecê-lo. – Uma lágrima caiu, e Ilonka soltou as mãos de Kevin para enxugá-la. – Ah, meu Deus, que vergonha. Não quero começar a chorar agora.

– Não chore. – Ele enxugou a lágrima para ela. – Você não tem que dizer nada. É essa a beleza de nos encontrarmos no meio da história. Nós já conhecemos um ao outro.

Ilonka não conseguia parar de chorar.

– Mas só queria lhe contar isso antes que fosse tarde demais. Só queria ouvir as palavras. – Ilonka se inclinou e o beijou. – Eu amo você, Kevin.

– Eu amo você, Ilonka. Você sabe disso.

– Eu não sabia.

– Bem, agora sabe. – Kevin ergueu o queixo de Ilonka, que já começara a baixar novamente. – Por que você ainda está chorando, bobinha? Você espera que eu lhe dê uma grande joia amarela? Espera que eu revele uma pintura espetacular para você? Bem, lamento, mas não tenho nada nos bolsos desse robe além de morfina e um pacote de lenços.

Ilonka teve que rir, embora tivesse voltado a chorar um segundo depois. Ela pressionou as mãos de Kevin nos lábios e as beijou com ternura, inclinando a cabeça para ele, envergonhada demais para expor seu verdadeiro eu para ele e com muito medo de jamais ter outra chance.

– Tenho medo de morrer sem ser amada – disse ela, chorando. – E eu sei que você acabou de dizer que me ama, e eu acredito em você. Mas preciso de algo mais que isso, e não há tempo para mais nada. Desde a primeira vez que eu o vi, eu quis amar você, amar de verdade. Você entende o que quero dizer? Queria dormir ao seu lado e senti-lo perto de mim. Queria fazer amor com você, Kevin. Eu nunca fiz isso na minha vida, e agora jamais farei. – Ilonka balançou a cabeça e tentou se afastar. – Oh, Deus, não acredito que estou dizendo essas coisas para você. Deve me achar uma criatura absolutamente patética.

– Sim – respondeu Kevin.

– Eu sei que eu sou patética.

– Não, quero dizer, sim, vamos fazer amor. Vou ficar esta noite com você.

Ilonka quase caiu da cama.

– Vai mesmo?

– Será uma honra.

Kevin tinha conseguido deixá-la calada. Ilonka estava atônita.

– Mas, tipo, nós podemos? Meu abdome está cheio de cicatrizes, e o doutor White disse que tenho tumores maiores que laranjas dentro de mim.

– Você está com medo? – indagou Kevin.

– Sim. Estou careca.

– O quê?

– Isso é uma peruca. Não tenho cabelo. A quimio fez tudo cair.

– Eu sei.

– Você sabe?

Ilonka estava desconcertada.

– Sim – respondeu Kevin. – Mas isso não importa. Eu também estou com medo. Estou em pior estado que você. Não consigo nem subir um lance de escadas. Mas nada disso importa. Podemos fazer amor sem fazer sexo. Podemos tirar nossas roupas e nos abraçar, e será melhor que nos filmes. – Kevin a puxou para seus braços e a beijou nos lábios, lenta e profundamente. Então disse sussurrando: – Eu não vou machucar você, e você não vai me machucar.

– Você não vai ficar com frio sem as roupas?

– Você vai me manter aquecido.

– Você não vai morrer durante a noite? – Essa não era a melhor pergunta a se fazer, mas era um fato que lhe causava temor. Mas, dessa vez, o amor foi mais forte do que o medo que sentia. Ilonka o puxou para perto de si antes que Kevin pudesse responder, e disse: – Não. Isso não vai acontecer. Não vou deixá-lo morrer.

Era uma promessa.

Ilonka *fizera* a Kevin outras promessas, no passado, ou apenas na terra da imaginação, onde as coisas quase sempre são mais reais do que a própria realidade. Ele também tinha feito promessas a ela, mas quem poderia saber? Talvez os sonhos dos dois eram apenas "desejos que se tornaram realidade" em outro tempo, outra dimensão. Enquanto dormia nos braços de Kevin, um misto de *possíveis* vidas passadas explodiu na mente de Ilonka. A maioria eram simples fragmentos. Em uma cena, ela caminhava como um homem velho em meio a um arrozal. Outra era um vislumbre dela como uma criança, correndo por um prado salpicado por margaridas. Outros eram tempos bizarros: ela como um alienígena, viajando por outros mundos numa nave espacial e coletando seres e submetendo-os a experimentos, alguns indolores, outros fatais; ela como uma espécie de sereia, vivendo em uma cidade debaixo da água, maravilhosamente desenvolvida e complexa.

O principal sobre todas essas vidas era que em cada uma delas ela aprendia um pouco mais e não cometia *exatamente* os mesmos erros, embora tivesse uma tendência a repetir certos padrões. Ainda assim, da perspectiva daquela parte mais elevada de si mesma, que poderia ser chamada de alma, todas essas vidas estavam acontecendo ao mesmo tempo. Tudo estava ocorrendo no momento eterno, e era esse o lugar onde ela se recusava a estar. Ela estava sempre ansiando por algo que poderia ser melhor, anelando por isso, ou, então, presa ao passado, preocupando-se pelo que poderia ter sido. A única coisa que Ilonka nunca fez, em nenhuma de suas vidas, foi viver totalmente no presente.

Estava sempre ansiando por ser amada.

Ilonka viu uma vida, mais que apenas um vislumbre, onde tinha sido um poderoso rei, que tinha por esposa uma rainha muito dedicada. Essa era a terra de Lemúria, um enorme continente no Pacífico que foi inundado mesmo antes que Atlântida alcançasse o auge de sua civilização. Ela era feliz até o dia em que conheceu uma mulher, que alguns diziam ser capaz de trazer o mais alto prazer, outros diziam que era uma bruxa. Mas ela estava intrigada com a mulher; como um rei, *ele* estava intrigado. A rainha tomou conhecimento da fascinação do marido e lhe contou sobre a mulher e deixou que ele tomasse sua decisão de ir ou não procurá-la.

"Ela não é uma bruxa nem um anjo", disse a rainha. "É só uma mulher mortal comum. Mas ela conhece um segredo que lhe possibilita trazer o maior dos prazeres a um homem. É chamado *êxtase*. No ato sexual, o prazer é confinado a uma pequena parte do corpo. Mas no êxtase, lentamente, através de uma habilidosa sequência de carícias, o sistema nervoso inteiro é levado ao clímax. Esse clímax traz mil vezes mais prazer e duas mil vezes mais perda de vitalidade. Todos os homens que vão até essa mulher se tornam viciados nela e nunca mais a deixam. Todos os homens dela são como escravos e não conseguem pensar por si próprios. Eles ficam dormindo o dia inteiro e só pensam em quando ela virá até eles novamente. Mas, se você quer ir procurá-la, vá. Ainda que ela lhe dê prazeres físicos, isso jamais fará você esquecer o que tem aqui, que é meu amor."

Então o rei foi até a feiticeira, essa mestre em êxtase, e a mulher ficou contente em recebê-lo. Pois, apesar de a mulher ter muitos admiradores, ela lutava para sobreviver, e ali estava o rei daquela terra, demonstrando interesse nela. O rei resistiu aos encantos da feiticeira, buscando conhecê-la melhor, para ver se ela realmente era tão formidável quanto lhe disseram que era. Essa era uma qualidade peculiar do rei: ele gostava de ficar próximo ao perigo, crendo que sempre tinha a sabedoria e o poder para se afastar no último momento. E ele era de fato um homem poderoso e muito inteligente, e a feiticeira percebeu essas qualidades e ficou muito impressionada. Ela nunca tinha conhecido um homem capaz de resistir a seus encantos nem que fosse por um dia, e o rei ficou em sua companhia por muitos dias, sem dormir com ela. De fato, depois de mais de uma semana, o rei se aproximou da feiticeira e disse:

"Tem sido um prazer passar esse tempo em sua companhia, mas vou voltar para minha mulher. Sinto falta dela."

Ao ouvir isso, a bruxa ficou atônita.

"Mas você nem mesmo dormiu comigo. Como pode querer ir embora?"

O rei soltou uma gargalhada ao ouvir tamanha ousadia.

"O que você faz que a tornou tão famosa?"

A mulher sorriu.

"Ah, é só amor. Como você pode fugir do amor?"

O rei não era bobo.

"Não sinto perto de você o que sinto perto da minha esposa, que é o amor verdadeiro." E então continuou, pois o rei realmente a achava fascinante: "Mas quem sabe em outro momento nos encontraremos, e vou sentir todo o prazer de estar em sua companhia."

Ao ouvir essas palavras, a feiticeira abriu um sorriso ladino, pois sabia que as sementes do momento eram capazes de se tornar os frutos do amanhã.

"Nós vamos nos encontrar e, nesse dia, eu serei sua senhora, e você vai implorar para ficar comigo."

O rei reconheceu as palavras orgulhosas da mulher com reverência, embora pensasse que a mulher estava errada.

"Quem sabe?", foi tudo que ele disse.

O rei retornou para sua rainha e viveu feliz para sempre.

Mas então, quase instantaneamente na mente adormecida de Ilonka, o *rei* nasceu novamente num país escandinavo, durante a Idade Média, como uma pobre moça ordenhadeira que sofria de uma doença que *a* deixara completamente careca, desde seu nascimento. A vida era muito dolorosa para ela, com poucas alegrias. A moça vivia como uma pária, pois muitos acreditavam que sua presença trazia má sorte. Entretanto, quando completou dezesseis anos, a jovem conheceu um rapaz e se apaixonou por ele.

Mas, apesar de o rapaz tratá-la com gentileza e respeito e de não ter medo de estar com ela, ele não partilhava de sua afeição. Esse fato causava à moça inestimável amargura. Ela nunca quis tanto uma coisa quanto quis esse rapaz, e ela pedia a Deus que lhe desse o amor dele, sem se importar com o quanto lhe custaria. Mas suas orações estavam cheias de impaciência e falta de preocupação com o que era melhor para o rapaz. Como resultado, o amor foi amaldiçoado, apesar de suas orações terem sido atendidas por um curto período.

Um feiticeiro chegou em sua vida, um homem que conseguia acender fogo com um gesto de sua mão e cujo olhar era tão frio quanto o mais severo dos invernos. Ele sentiu-se atraído pela jovem, pois, embora ela fosse uma pária e estivesse muito longe de ter uma aparência atraente, tinha uma alma pura. Aquela pureza o atraiu como uma poderosa fragrância. Ele queria usá-la para seus próprios intentos. Via a moça como a fonte de luz que poderia potencializar seu feitiço mais perverso. O feiticeiro veio até ela enquanto a jovem estava ajoelhada numa igreja de pedras, rezando a Deus para trazer o rapaz de seus sonhos para seus braços. Ali, naquela igreja, ele lhe ensinou a parte mais cruel de toda a magia negra – o *enraizamento*. O feiticeiro prometeu que logo o rapaz seria dela.

O enraizamento estava relacionado ao êxtase, pois se utilizava de desejo sexual para obrigar as pessoas a agir contra a própria vontade. Mas era muito mais sutil e perigoso. O êxtase era algo totalmente físico, enquanto o enraizamento dominava através da manipulação psíquica. Por meio dele, a moça era capaz de atrair o rapaz sempre que queria, o que ocorria com frequência. Mas ela não usou seu recém-adquirido poder apenas para conquistar o rapaz de que gostava, mas também outros homens, pois quem usava o enraizamento rapidamente se tornava promíscuo. De fato, ficava viciado em controlar os outros.

Por esse *dom*, o sábio exigiu algo em retorno, e a princípio era sua imediata disponibilidade, a qualquer momento que ele a quisesse. Isso a moça concedeu, apesar de sentir repulsa em estar nos braços do feiticeiro, especialmente logo depois de ver o rapaz que ela amava, pois ela realmente amava o rapaz, apesar de usá-lo da pior maneira que se podia imaginar. Ela sentia que o conhecia desde muito tempo *antes*. Foi o amor que sentia pelo rapaz que a fez questionar o que estava fazendo. Esse questionamento lhe sobreveio na mesma época em que o feiticeiro colocou sobre ela uma exigência ainda maior. Ele mandou que a jovem usasse seu poder especial para atrair certo conde e, enquanto o homem estivesse dormindo em seus braços, cortar-lhe a garganta. O conde era um antigo inimigo do feiticeiro e era seu obstáculo para alcançar o poder. A moça concordou em fazer o que ele exigia, pois tinha muito medo do feiticeiro, mas, assim que saiu da frente do homem, ela se apressou para a igreja e pediu a Deus que a livrasse da influência do mago. Implorou a Ele para que o poder maligno fosse tirado de suas mãos.

Enquanto a moça rezava, o rapaz que ela amava se aproximou e, com lágrimas nos olhos, ela confessou tudo a ele. Embora o rapaz tivesse sido usado por ela, agora ele a amava. Na verdade, cedo ou tarde ele teria se apaixonado por ela, ainda que ela não tivesse usado o enraizamento. O jovem rapaz a perdoou e sugeriu que eles fugissem juntos. Ela ficou empolgada com a possibilidade e foi correndo até sua casa para juntar suas coisas para a viagem. Enquanto estava arrumando seus pertences, o feiticeiro apareceu e a amaldiçoou por traí-lo. Ela implorou por misericórdia, mas o homem não lhe demonstrou nenhuma e a esfaqueou com a mesma arma que lhe dera para usar em seu inimigo. Deixou-a para morrer, jogada em uma poça de sangue.

Antes que a jovem morresse, o rapaz que a amava a encontrou e tirou a faca de seu abdome. Era uma lâmina maligna, forjada por feitiços e encharcada de veneno. A jovem sabia que ia morrer e chorou ao se dar conta de como tinha jogado fora sua vida e seu amor. Mas o rapaz lhe disse para não se preocupar, pois um dia, em outro tempo e outro lugar, eles estariam juntos novamente. Isso o rapaz lhe garantiu, mas a moça tinha dúvidas, por causa de todos os erros que cometera. Então, o rapaz lhe fez outra promessa.

"Eu vou partilhar de seus erros", ele disse. "Para que, onde quer que o destino nos coloque, possamos estar juntos. Ainda que signifique que nossos dias futuros sejam escuros e cheios de dor. Pois, mesmo nessa escuridão, nosso amor estará na luz."

Aquelas foram as últimas palavras que ela ouviu antes de morrer.

Seus sonhos, seus pesadelos, suas visões estavam todos interligados. Ilonka se mexeu desconfortavelmente ainda dormindo e instintivamente buscou os braços de Kevin, experimentando uma repetição do episódio com o feiticeiro, quando sentiu uma fisgada de dor no baixo-ventre. Entretanto, não era uma lâmina que a machucava agora, mas, sim, o câncer. Se bem que era possível que houvesse uma conexão entre o que foi e o que era agora.

De qualquer forma, Ilonka sentiu-se aliviada ao atrair Kevin para mais perto. A colagem mista de seu passado se iluminou e lançou um raio de luz sobre seu futuro. Naquela luz, ela viu Hermes, o anjo, pintando uma estrela branco-azulada que brilhava num céu estrelado. Ilonka estava ao lado dele enquanto o anjo trabalhava, como se ela fosse sua musa pessoal, e sentiu esperança ao olhar para a obra dele, embora não soubesse por quê. Só sabia que um dia iria viajar até aquela estrela.

Ilonka dormiu pelo restante da noite envolvida no calor daquela morna esperança.

E não sonhou mais.

Pela manhã, ela acordou com Kevin deitado ao seu lado. O sol brilhava pela janela aberta, o que a surpreendeu, pois achava que a janela estivesse fechada quando foram para a cama. Uma fresca brisa marinha brincou suavemente com as cortinas, mas não estava tão frio quanto imaginou que estivesse. Era uma brisa cálida e doce, como se eles tivessem pulado o outono e o inverno no período de uma noite e tivessem despertado em uma manhã no início de primavera. Um pássaro pousou cantando no peitoril da janela, e Ilonka acenou para ele. Ao ver o gesto, o pássaro parou e olhou confuso para os dois, como se estivesse tentando decidir para quem continuar cantando.

Ilonka sorriu e apontou para Kevin, e o pássaro cantou um pouco mais. Foi quando Kevin abriu os olhos.

– É você? – perguntou ele.

Ilonka se inclinou e o beijou. Antes de dormir, Ilonka o beijara diversas vezes.

– Sim, meu garoto amado. Eu disse que tinha uma belíssima voz.

Ele sorriu para ela.

– É uma belíssima visão para se ter logo ao acordar. – Kevin fechou os olhos e suspirou. O rosto dele estava muito magro. – Que som maravilhoso.

Ilonka lhe acariciou os cabelos finos.

– Você sonhou na noite passada?

– Sim. Sonhei com você.

– Eu também. Foi muito bom, mas estou feliz por ser de manhã.

– Eu também estou.

– Eu amo você, Kevin.

– Eu amo você, Ilonka.

Kevin nunca mais abriu os olhos. Morreu alguns minutos depois, nos braços de Ilonka.

CAPÍTULO 8

Dois dias depois, Ilonka estava à beira do penhasco, lançando as cinzas de Kevin no vento e no mar. Ela não cantou como disse que cantaria, pelo menos não em voz alta. Mas havia uma canção em seu coração. Estava satisfeita por ter contado a ele como se sentia antes que ele partisse deste mundo. Também significava muito que Kevin sentisse o mesmo por ela.

Os pais de Kevin não viram problemas no fato de ela lidar com os restos mortais do rapaz, ainda mais porque ele deixou o pedido por escrito. Ilonka finalmente conheceu os pais dele. Eram boas pessoas, a mãe em especial. A mulher estava naturalmente pesarosa por causa da morte do único filho, embora a dor estivesse igualada ao alívio, pois seu menino não estava mais sofrendo. Ilonka escrevera uma carta pedindo desculpas para Kathy e pediu à mãe de Kevin que entregasse a ela. Na carta, Ilonka disse que Kevin morreu em paz. O doutor White nunca contou onde Kevin deu seu último suspiro.

O médico fez ainda outro favor para Ilonka. Ele a colocou em contato com um amigo de Anya, um rapaz chamado Shizam. Ilonka ligou para ele e explicou que queria entrar em contato com o ex-namorado de Anya, Bill. Shizam prometeu a Ilonka que faria o que fosse possível para encontrá-lo.

Sandra também ligou, e as duas conversaram. Sandra tinha voltado para a escola e estava tentando recuperar o tempo que havia perdido. Embora as duas jovens tivessem conversado bastante, não disseram nada que fosse realmente significante. Seus mundos eram muito diferentes: Sandra estava redescobrindo o dela, e Ilonka estava perdendo até mesmo a clínica que ela chamava de casa. A saúde dela estava piorando rapidamente agora. Ilonka se questionava, enquanto conversava com a amiga, se Sandra nunca conseguiu contar uma história porque ela jamais pertencera de fato ao clube, como se o clube fosse, na verdade, apenas para os que estavam morrendo. Seu precioso Clube da Meia-noite; será que haveria algum outro?

Provavelmente não neste mundo.

Ilonka teve pouco contato com Spence depois da morte de Kevin, pois os dois se sentiam tão mal que passavam todo o tempo cada um em seu quarto. Spence contraíra uma grave pneumonia, que poderia matá-lo. A equipe do hospital não fazia nada para tratá-lo; só o mantinham o mais confortável possível. Já o conforto de Ilonka estava lhe custando seis gramas de morfina por dia, e mesmo essa quantidade não cessava a dor por completo. Mas ela suportava tudo com paciência, pois não havia mais nada a fazer.

Chegou um dia, quase duas semanas depois da partida de Kevin, que o doutor White foi até seu quarto e lhe disse que Spence estava quase morrendo e que queria falar com ela. O doutor a levou até o quarto de Spence numa cadeira de rodas e a deixou a sós com o primeiro e único maluco do Clube da Meia-noite. O novo colega de quarto de Spence estava em uma reunião. O doutor White ainda não tinha designado uma nova colega de quarto para Ilonka, e ela estava grata. Ela percebeu que ansiava por solidão conforme seu tempo acabava.

Spence estava com uma aparência terrível, e ele disse o mesmo sobre ela. Os dois riram suavemente da situação em que se encontravam, pois estavam ambos desesperançados. Mas, na verdade, a aparência de Spence realmente a deixou abalada. Durante as poucas semanas que ficaram sem se ver, Spence desenvolvera algo que parecia ser câncer de pele, que lhe acometera o rosto e os braços. Isso a fez questionar muitas coisas. Ele estava com uma dificuldade terrível para respirar. Colocaram-no apoiado sobre tantos travesseiros que ele parecia um esqueleto empalhado.

– Ei, quando vamos para o Havaí? – questionou Ilonka.

– Faz tempo que estou dizendo que estou pronto quando você estiver pronta.

– Sim, mas você nunca apareceu aqui com as passagens aéreas.

– "Não tente tirar leite de pedra."

Ilonka riu.

– Esse é um ditado antigo ou você inventou?

Spence coçou a cabeça. Seu cabelo também estava muito fino.

– Eu sinceramente não lembro.

Os dois ficaram em silêncio. Mas Ilonka não se sentiu incomodada. Talvez fosse a quantidade de morfina que estava tomando, ou quem sabe era porque tinha finalmente se conciliado com sua morte iminente, e nada poderia perturbá-la agora. Mas ainda tinha muitas perguntas em sua mente.

– O que posso fazer por você, querido amigo? – perguntou ela por fim.

Spence ergueu uma sobrancelha.

– Você presume que eu quero algo de você? Talvez só queira desfrutar de sua companhia por alguns minutos. – Spence se calou. – Há algumas coisas que quero conversar com você.

– Mande.

– O Kevin lhe contou o final da história antes de morrer? Sei que ele passou a última noite dele com você.

– Quem lhe contou isso?

– Ninguém. Eu descobri por mim mesmo. Ele não estava aqui.

Ilonka concordou.

– Sim. Ele me contou o que aconteceu com Hermes e Teresa. Você gostaria de ouvir?

– Sim. Muito.

Ilonka contou a Spence a terceira parte da história o melhor que conseguia lembrar. Quando terminou, Spence sorriu.

– Foi uma bela sacada ali no final – comentou Spence. – Estava me perguntando por que ele chamou a história de "O espelho mágico".

Recontar a história fez Ilonka recordar as muitas similaridades que os personagens tinham com os participantes do clube.

Mas queremos o ritual de sangue.
Vocês podem fazer um se quiserem. Eu vou para a cama.

– Há alguma história que você queira me contar? – Ilonka perguntou com cuidado.

– O que quer dizer com isso?

– Sobre a noite em que Anya morreu?

Spence de repente ficou desconfiado.

– O que tem isso?

– Como ela morreu?

– Ela tinha câncer.

– Nós todos temos câncer, Spence. Lembro-me de algo estranho naquela noite. Eu tinha dormido quase a tarde toda naquele dia e, ainda assim, mal consegui voltar para o meu quarto depois que terminamos nossas histórias.

– E daí?

– Lembro também que, quando foi encher meu copo de vinho, você de repente parou e pegou outro copo. Disse que estava empoeirado. – Ilonka parou de falar. – Mas não percebi nenhuma poeira.

– O copo estava sujo – comentou Spence.

– Ah, creio que tinha mesmo algo no meu copo. Mas acho que no *segundo copo*. Vamos lá, Spence, que tipo de droga você me deu e por quê?

– Você tem uma imaginação desenfreada. Está ouvindo muitas histórias despropositadas.

– Não me venha com papo-furado. Tinha alguma droga no meu vinho.

– Por que você bebeu se achava que tinha algo no copo?

– Porque eu sou uma estúpida garota polonesa. Responda às minhas perguntas, por favor.

Spence suspirou.

– Fenobarbital. Um grama. Espalhei uma fina camada ao redor do copo por dentro.

– Por quê?

– Não posso lhe contar. É uma promessa.

– Você não tem que me contar. Eu já sei. Você me queria fora de jogo para que pudesse ajudar Anya a dar cabo da vida dela.

– Você que está dizendo, eu não disse nada.

– E eu percebi que você não negou ter feito isso. O que me deixa confusa, entretanto, é como ela morreu. O doutor White disse que não poderia ter sido uma *overdose* de drogas. E ela certamente não deu um tiro em si mesma. – Ilonka abriu as mãos. – O que aconteceu?

– E isso importa? Ela está morta. Deixe a Anya descansar em paz.

– Eu não pergunto por causa dela. Não pergunto também por curiosidade, apesar de estar curiosa. Pergunto por sua causa.

Spence deu uma risadinha.

– Não se preocupe comigo.

– Eu me preocupo, sim, com você. Você é meu amigo, e tem algo o incomodando. Não precisa ser psicólogo para perceber isso. Suas histórias são engraçadas, cem pessoas explodidas todas as noites. Ao mesmo tempo, todas elas têm um tema comum: raiva contra a sociedade, contra o sistema. De onde vem toda essa raiva?

– Você mesma disse, você não é psicóloga. Não fique aí me analisando.

– Por que Anya escolheu você para ajudá-la a dar fim na vida dela?

– Eu não disse que a ajudei.

– Por que sua namorada nunca apareceu por aqui?

– Ela não tinha grana para pagar a passagem do trem.

– Por que você tem feridas por todo o seu rosto?

Spence de repente explodiu.

– Porque eu estou morrendo, poxa! Me deixe em paz.

Ilonka assentiu.

– E você está furioso com isso, não está? Eu também estava furiosa. – Ilonka se inclinou e tocou a mão do amigo. – Eu me importo com você, Spence. Não estou aqui para atormentá-lo.

Spence se livrou do toque da mão de Ilonka.

– O que você está fazendo aqui?

– Você me pediu para vir. Você queria conversar comigo sobre algo além da história do Kevin. – Ilonka se deteve. – Você está morrendo de quê, Spence?

Ele inspirou hesitante e esfregou as mãos em um gesto nervoso. Quando olhou novamente para Ilonka, havia tanta dor em seu olhar que quase partiu o coração dela.

– Por que pergunta quando está claro que você sabe? – indagou ele. – Eu tenho aids.

– Você pegou da Caroline?

Ele engoliu em seco.

– O nome dele era Carl.

– Está tudo bem. Não tem que ficar com vergonha.

– O que você sabe sobre as razões que tenho para ficar envergonhado? – gritou Spence.

Ilonka trouxe a cadeira de rodas para mais perto da cama e segurou a mão do amigo.

— Conte-me.

Spence balançou a cabeça com mágoa.

— Essa não é hora para contar histórias.

— Claro que é, Spence. Pode ser de manhã para o resto do nosso fuso horário, mas está perto da meia-noite para a gente. Muito em breve eles vão desligar a luz. Esta será a última chance que teremos para conversar. Esta vai ser provavelmente a última chance que você vai ter de falar com qualquer pessoa. Então, qual o problema de você ser *gay*? Isso não é motivo para se envergonhar. Nunca foi motivo para se envergonhar.

Spence tossiu.

— Isso é tão fácil de falar... Mas estes nossos dias, esta era, não estão tão distantes da Idade Média quando a gente está no colegial. Sim, eu sou *gay*... sou assim desde que nasci. Não tente investigar e buscar uma razão. Não há uma razão. Meus pais não abusaram de mim quando eu era pequeno e não fui exposto à radiação na usina nuclear local. A pessoa pode admitir que é *gay* quando é famosa, ou quando vive na parte certa do país, ou até mesmo quando é mais velha. Mas, quando se é um adolescente, você tem que esconder, e não tente me dizer que não precisa. Na minha escola, bichas são bichas, não são pessoas. E eu queria ser uma pessoa, Ilonka. Eu sou uma pessoa.

— Você é uma das melhores pessoas que eu conheço.

— Só porque você não me conhece muito bem. Quem era o Carl? Ele era o amor da minha vida. Eu o conheci quando tinha quinze anos. Ele *era* uma pessoa maravilhosa. Ele faria qualquer coisa por qualquer pessoa. Carl era tão brilhante quanto o Kevin. Quando o conheci, foi como encontrar um salva-vidas em meio a um mar turbulento. Eu me agarrei a ele desesperadamente, e tudo bem, porque isso não o fez me amar menos.

— Estou feliz que você tenha conseguido encontrar alguém especial — comentou Ilonka.

Spence fez um gesto de desespero.

— Alguns anos atrás, fui fazer um teste de aids. Achei que deveria ser examinado, pois tive um amante antes do Carl. Bem, para encurtar a história, meu teste deu positivo.

— Entendi.

— Eu não contei ao Carl.

— Por que não?

Havia lágrimas nos olhos de Spence.

— Porque eu o amava e tinha medo de perdê-lo se ele soubesse que eu estava doente. Não entende o que eu fiz? Eu o amava e o matei!

— Ele morreu? Mas quem é que manda todas aquelas cartas?

— Eu mesmo as escrevo e envio para mim — confidenciou Spence, sussurrando.

— Você não sabe se o matou. Pode ser que ele tenha passado a doença para você.

— Eu duvido. O Carl nunca foi promíscuo.

— Você não sabe — insistiu Ilonka.

— Esse é o problema. Eu não sei. Nunca saberei. Mas não consigo parar de pensar na aparência dele na semana em que ele morreu. Parecia como algo que deveria ser queimado e enterrado. — Spence apontou para o espelho na parede mais distante. — Ele parecia comigo.

— Sinto muito.

— Foi isso que eu disse a ele! Mas era tarde demais. — Spence colocou as mãos no rosto. — O pior de tudo é que ele jamais me culpou.

— Mesmo que você tenha passado a doença para ele, no momento em que descobriu que tinha o vírus, provavelmente já era tarde. — Ilonka se aproximou e o abraçou, e Spence aconchegou-se nos braços da amiga, com lágrimas correndo pelo rosto. Havia tão pouco do corpo de Spence sobrando, e de Ilonka, também. Ela não conseguia lembrar-se da última vez que tinha se alimentado. – Você tem que se livrar disso. Não pode morrer se atormentando dessa maneira.

– Eu tentei. Não consigo me livrar da culpa. O que eu fiz... quem pode me perdoar?

– Mas ele o perdoou.

Spence escondeu o rosto no peito da amiga novamente.

– É tarde demais. Nenhuma palavra que você me disser pode tornar as coisas melhores para mim. Vou morrer dessa maneira. Eu mereço morrer.

Ilonka lhe acariciou a cabeça.

– Eu tive um sonho na noite passada. Eu era uma bruxa que controlava um rapaz, e a ironia é que eu amava o cara. Não estou certa, mas acho que era o Kevin. De qualquer maneira, havia um feiticeiro malvado, e ele me deu uma facada no ventre, e eu estava sangrando até a morte quando esse cara me encontrou. Não tinha feito nada além de usar o rapaz, mas, ainda assim, ele me amava. Enquanto eu estava morrendo, ele me disse que nós iríamos nos encontrar novamente, no céu ou na terra, numa vida futura. Mas eu duvidei das palavras dele. Não achava que poderia ficar com ele, por causa das coisas terríveis que eu tinha feito. Mas ele me disse algo, pouco antes de eu morrer, que permaneceu comigo enquanto cruzei para o outro mundo. Ele disse que, se eu tinha realmente feito algo errado, então ele estava disposto a partilhar das consequências desses atos comigo, de maneira que, não importava para onde fôssemos, estaríamos juntos. Eu sinceramente acho que é por isso que Kevin estava aqui comigo. Eu não acho que ele merecia estar aqui, acho que ele decidiu vir para me ensinar o que eu tinha que aprender. Ensinar-me o que o Mestre estivera tentando me ensinar em todas as vidas.

Spence ergueu a cabeça.

– E o que é?

– Isso vai parecer piegas se eu disser.

Spence pegou um lenço e assoou o nariz.

– Estou num humor piegas.

– Creio que estou aqui (que nós todos estamos aqui) para aprender o amor divino. Para amar da maneira como Deus nos ama.

Spence tossiu.

– Se Deus nos ama tanto, por que Ele inventou a aids?

– Se você não tivesse contraído aids, eu não teria a chance de fazer a oferta que vou fazer agora.

– Qual?

– Se você sinceramente sente que fez algo tão terrível e que não pode ser perdoado, então estou disposta a compartilhar de seus pecados com você. Quando nós morrermos, se tivermos que ficar diante de Deus e sermos julgados, então vou dizer a Ele que sou tão culpada quanto você e que metade da sua punição deve ser passada para mim.

Spence estava incrédulo.

– Não acho que você possa fazer isso.

– O Kevin fez isso.

– Isso foi só um sonho.

– Acho que todo este mundo é só um sonho.

– Está acontecendo por causa de toda a morfina que você anda tomando.

– Você vai aceitar minha oferta ou não? – perguntou Ilonka.

– Por que você está fazendo essa oferta?

– Porque eu amo você, Spence. Você é meu companheiro.

– Você realmente acredita que Deus vai nos julgar juntos?

– Não. Coloquei essa parte para causar um efeito dramático. Mas realmente acho que você deveria parar de julgar a si mesmo. Mas, se não conseguir parar, eu aceito – ela riu. – Nós vamos para o inferno juntos.

Spence se animou.

– Imagine as histórias que devem contar lá embaixo.

– Imagino que o Clube da Meia-noite está sempre em sessão.

Spence se aproximou e a abraçou, e lhe beijou a bochecha.

– Foi muito bom para mim o que você disse. Talvez tenha mágica em seus sonhos. Kevin ficava me dizendo que havia. Eu me sinto melhor podendo compartilhar meu peso com você. Sempre quis lhe contar.

– O Kevin sabia?

– Eu não contei para ele, mas acho que ele sabia. Ele era muito perceptivo. Mas a Anya sabia.

– Você contou a ela.

– Ela conheceu o Carl. Eles moravam no mesmo bairro. – Spence largou a mão dela e reclinou-se. – Eu a sufoquei até a morte. Ela me pediu para fazer isso.

– Anya não conseguia suportar a dor?

Spence suspirou.

– Estava muito difícil para ela no final. A morfina não aliviava mais a agonia. Ela me disse que eu era a única pessoa que poderia matá-la, por causa do que eu sentia que tinha feito ao Carl. Ela disse isso de forma objetiva, não de forma cruel. Entendi o que ela quis dizer... Não a culpo por isso. – Spence deu de ombros. – Creio que as coisas ficam mais fáceis da segunda vez.

– Não foi fácil para você.

Spence concordou.

– Foi pior do que você possa imaginar. Eu peguei o travesseiro e o pressionei na cara dela, e conseguia ouvi-la sufocar. E você dormindo tranquilamente, a apenas dois metros de distância. Tive que ficar dizendo a mim mesmo que estava dando a ela o que tinha roubado de Carl. Sei que não faz muito sentido, mas, muito mais que a morte dele, senti que tinha tirado a dignidade de Carl. Ele não morreu de forma tranquila. Anya me disse que queria partir com um pouquinho de dignidade. Pelo menos pude dar isso a ela.

– Você fez algo muito corajoso.

– Você acha que Deus vai ver dessa maneira?

Spence queria de fato a opinião de Ilonka.

– Provavelmente Ele vai nos dar uma folga de nosso tempo no inferno por causa disso.

Spence finalmente sorriu.

– Então, depois disso, provavelmente seremos reencarnados como pinguins, naquela parte da Antártica onde a camada de ozônio está completamente zoada. Vou ter câncer de pele por todo o corpo novamente.

– Quem pegou os artigos de toalete de Anya?

A pergunta fez Spence parar.

– Eu não sei.

– Spence, não minta para mim.

– Suspeito que o Kevin tenha pegado as coisas. Quando voltei para o quarto, depois de matar a Anya, Kevin se levantou e saiu. Eu fiquei surpreso, porque ele estava com dificuldade para se movimentar, por causa da perna. Ele me disse que precisava fazer uma coisa. Ele sabia que eu tinha drogado você e tinha acabado de sufocar a Anya. A gente não conseguia esconder nada daquele cara. De qualquer forma, acho que foi ele que pegou as coisas dela.

– Mas por que o Kevin queria me iludir?

– Você mesma disse naquela história em que contou sobre Delius e Shradha. O único conforto que Shradha teve, depois da perda da filha, foi que a filha tinha voltado para buscar as coisas dela.

– Mas isso nunca aconteceu – declarou Ilonka.

– Eu sei disso. Kevin também sabia. Mas, até o momento em que o Mestre contou a verdade para Shradha, ela estava bem feliz com a ilusão.

Kevin queria aliviar o trauma da morte de Anya para você e, além disso, fazer com que você fosse para a sua morte com a crença de que havia algo do outro lado.

– Eu já acreditava nisso.

– Mas Kevin disse que você ainda estava com medo.

– Isso é verdade. – Ilonka pensou por um momento, então riu. – Kevin achava mesmo que ele era Delius e que eu era Shradha. Aquele danado... ficava negando que achava.

– Ele não estava tentando magoá-la.

Ilonka suspirou.

– Eu sei disso. Ele não conseguiria magoar uma alma.

Spence desfrutou daquela insinuação.

– Você tem mais alguma pergunta?

– Não.

– Todos os mistérios estão solucionados?

– Não. O maior mistério de todos não será solucionado até o dia em que morrermos. Nós temos nossas histórias, nossos sonhos, nossas crenças, mas, até lá, é tudo apenas especulação.

Spence tossiu.

– Não vamos continuar especulando por muito tempo.

Ilonka sorriu com tristeza.

– Isso é verdade.

CAPÍTULO 9

Mais alguns dias se passaram. Para Ilonka, os dias eram como uma longa jornada por um túnel escuro, onde ela continuava imaginando (talvez a palavra adequada fosse *rezando*) para que houvesse uma luz no final. A dor que sentia piorou muito; chegou a um ponto em que Ilonka não conseguia nem sair da cama. O doutor White a visitava diariamente. Ele continuava deixando-a sozinha no quarto. Ela supunha que o médico sabia que não ia demorar. O doutor White lhe trazia chocolate suíço: era a única coisa que ela conseguia comer. Quatro pequenos quadradinhos por dia; ela deixava dissolver na boca e, então, tomava um gole de água. Tinha um sabor melhor que as ervas.

Numa tarde, quando Ilonka estava apenas deitada como de costume, ouviu uma batida à porta.

– Entre – ela disse suavemente.

Um rapaz desconhecido entrou no quarto.

Na primeira vez que o vi, achei que tinha uma aparência engraçada. O cabelo dele tinha uma cor laranja estranha, e ele usava um brinco que parecia ter sido roubado de um nativo africano.

– Bill! – Ilonka disse com satisfação. O moço não tinha mudado de estilo. Ele parecia ansioso.

– Um amigo meu me deu uma mensagem dizendo que você estava procurando por mim.

– Sim. – Ilonka tentou se sentar o melhor que podia. Mover o corpo era uma agonia. Ela teve que respirar fundo antes de poder falar novamente. – Eu era amiga de Anya Zimmerman. Seu amigo contou que ela morreu?

O músculo do maxilar dele se moveu, mas o rapaz não deu outro sinal de como se sentia.

– Sim.

– Ela era minha colega de quarto. Anya me contou sobre vocês, como se conheceram, como tudo terminou. Você pode se sentar, se quiser. Essa era a cama dela.

– Tudo bem.

Bill olhou para a cama um pouco nervoso, antes de sentar-se.

– Como eu disse, ela contou como as coisas deram errado entre vocês. Ela estava chorando quando me contou.

Bill demonstrou interesse. Ele era um rapaz muito bonito, não importava a cor de seus cabelos. Tinha um semblante arguto em seus olhos. Ilonka recordou Anya dizendo que ele queria ser detetive.

– Creio que não tenha dado certo entre ela e o outro cara – Bill comentou com diplomacia.

– O outro cara não significou nada para ela. Anya não sabia nem o que estava fazendo com ele. Ela estava feliz com você. Mas sabe aquelas vezes, quando você está no momento mais feliz da vida e começa a sentir que não merece essa felicidade? Então faz alguma besteira para acabar com tudo?

– Eu nunca passei por isso, mas entendo o que quer dizer.

– Espero que sim, porque estou falando sem medir bem as palavras. O que quero dizer é que Anya amava você e lamentava pelo ocorrido. Ela quis lhe contar antes de morrer, mas estava muito doente e com muita vergonha.

O lábio inferior de Bill de repente tremeu, e ele o mordeu.

– Obrigado por ter me contado isso. – Bill fez uma pausa e tocou a cama com a palma da mão, hesitante. – Ela sofreu muito?

– Sim. Mas, no final, ela estava com amigos. Isso ajudou.

– Queria ter podido ajudá-la – Bill disse com sentimento.

Ilonka sorriu.

– Ela deixou uma caixa cheia de coisas. O doutor White, que é o diretor deste lugar, não sabia o que fazer com ela. Está no piso do *closet* aqui no quarto. Por favor, fique com ela. Sei que Anya gostaria que ficasse com você.

Bill pegou a caixa e a colocou na cama. A primeira coisa que tirou de dentro dela foi a pequena estátua de argila que Anya estava modelando para dar a ele no Dia dos Namorados. Dois amantes, segurando as mãos, ainda sem pintura. Bill a segurou, sem dar sinal de reconhecê-la. Ilonka supôs que ele não conseguia se lembrar de nada além dos principais acontecimentos daquela noite em particular.

Mas Ilonka se lembrava.

Eu disse que a única coisa que ele quebrou foi minha perna direita.

Ainda assim, a estátua estava completa. A perna direita da moça estava no lugar.

Ilonka suspirou.

– Deixe-me ver isso.

Bill rapidamente entregou a escultura. Ilonka examinou a estátua de muito perto.

Não havia sinal de trabalho de reparação.

Era como se a perna *sempre* estivesse no lugar.

– O que é isso? – perguntou Bill, preocupado.

– É um sinal – Ilonka sussurrou.

– Do que você está falando?

– Bill, você já ouviu falar que o tempo cura todas as feridas?

– Sim.

– Bem, e se o tempo acabar? Você acha que o amor pode curar o que restou?

– Gostaria de pensar que sim. Ei, o que tem de tão especial a respeito dessas duas figuras de argila?

Ilonka fechou os olhos e abraçou a estátua junto ao seu coração.

– A morte não conseguiu separá-los – disse ela. – A morte não conseguiu atingi-los.

Depois de certo tempo, Bill foi embora, levando a estátua. Ilonka sentia que pertencia a ele. O rapaz partiu, mas o milagre permaneceu ali. Ilonka tentou visitar Spence para contar-lhe o que havia acontecido, mas o doutor White lhe disse que Spence tinha entrado em coma. Ela ficou triste ao saber da notícia, mas agora aceitava a tristeza com a mesma presteza com que aceitava a alegria. Parecia que não podia ter uma sem ter a outra. Ilonka se deitou na cama e descansou.

Passaram-se um dia e uma noite. O doutor White foi vê-la e lhe contou que Spence havia morrido. Três já foram, falta uma, ela pensou. Que história poderia ter sido contada... Ilonka chorou por causa da notícia, mas não por muito tempo. Estava muito cansada.

Logo, o tempo perdeu o sentido, e Ilonka se deixou levar nas águas calmas do longo túnel. O sol nasceu e se pôs. A Terra deu mais um giro em seu eixo. Ela inspirava e expirava, embora fosse mais superficial, mais suave a cada dia.

Finalmente, chegou uma manhã em que o sol entrava pela janela aberta, e a brisa do mar agitava a cortina semiaberta. Ilonka despertou ao ouvir o som de um pássaro cantando. A pomba branca pousou no peitoril encarando-a, e, quando ela olhou para a pomba, o pássaro virou a cabeça em direção ao sol. Ilonka seguiu o olhar do pássaro e ficou surpresa ao ver uma estrela azul brilhante no céu, mesmo com os raios do sol ardendo. A estrela brilhava como uma joia de valor incomparável. Por um longo tempo, Ilonka ficou olhando para a estrela, e, enquanto olhava, uma por uma, mais estrelas apareceram no céu, até que, logo, todo o céu estava aceso, com pontos de luz que não piscavam, mesmo quando seus olhos começaram a se cansar e fechar. A galáxia inteira brilhou em toda a sua glória, mesmo quando o sol passou a brilhar mais e mais forte e os olhos de Ilonka lentamente se fecharam pela última vez.

EPÍLOGO

A partida da espaçonave Space Beagle III, destinada a Sims, estava programada para dali a menos de uma hora. Eisokna estava parada no alto da plataforma de observação da grande nave e olhava para a Terra azul e branca. O sol brilhava forte, à sua extrema esquerda. As estrelas estavam ao redor. A Terra tinha sido seu lar por todos os dias de sua vida, mas agora ela estava partindo com o marido, provavelmente em definitivo, e essa constatação a enchia tanto de tristeza quanto de empolgação.

Ela pressionou o nariz no plástico transparente que a separava do vácuo. A respiração dela embaçou o material duro com uma aura brumosa. Estava frio na plataforma de observação. Ao lado de Karlen, com quem havia acabado de se casar, ela trabalhou duro para conseguir embarcar nessa viagem – para ser uma das primeiras pessoas a colonizar Treta, o sexto planeta no sistema estelar Sirus. O casal estava realizando um sonho de vida, ela sabia, e a melhor coisa sobre tudo isso era que estavam partindo juntos. Ainda assim, ela estava triste, pois queria dizer adeus ao seu mundo, agradecer o que ele lhe havia dado, e não sabia como.

De repente, enquanto estava ali, imóvel como uma estátua, achou que tinha ouvido um pássaro cantar. Uma onda de nostalgia tomou conta de seu ser, tão poderosa que lhe trouxe lágrimas aos olhos. Uma lágrima tocou o plástico transparente e, por um momento, embaçou sua visão da Terra. De onde estava vindo o som daquele pássaro? Parecia que estava cantando ao seu ouvido uma melodia belíssima.

Um braço forte e cálido a abraçou por trás.

Ela relaxou no abraço. Karlen lhe deu um beijo na nuca.

– Pronta para partir? – perguntou ele.

Ela fungou.

– Eu não sei. Estava aqui parada, olhando para a Terra, e senti como se estivesse me despedindo do meu melhor amigo. Mas também senti como se tudo estivesse finalmente acertado entre nós e que agora posso seguir em frente. Sabe o que isso significa?

Karlen se colocou ao lado dela e a abraçou.

– Não – ele respondeu, mas sorriu.

Ela riu. Karlen sempre a fazia rir.

– Eu também não sei. Você deveria ser meu melhor amigo. – Enxugando as lágrimas, ela se inclinou e o beijou. Ela estava feliz. Era como se tivesse demorado muito para chegar, e ela estava determinada a desfrutar de cada momento. O som do pássaro cantando desapareceu ao longe e se apagou. – Sim, estou pronta para partir.